尋牛奇談

椹野道流

white heart

講談社X文庫

目次

物紹介

●天本《あまもと》 森《しん》

二十九歳。ミステリー作家。デビュー作をいきなり三十万部売ってしまった派手な経歴の持ち主。のみならず、霊障《れいしょう》を扱う追儺師《ついなし》として「組織」に所属。冷たく整った美貌《びぼう》は時に彼を虚無的にも見せるが、その素顔は温かい。ようやくのことで取りもどした敏生《としき》との生活は、天本を包んで再び穏やかに優しく流れはじめた。残された一抹の不安と恐怖——それは次はいつ彼らを襲ってくるのだろう。

●琴平敏生《ことひらとしき》

二十一歳。蔦《つた》の精霊《せいれい》である母が人との間にもうけた少年。その半分の異種の血によって、常人には捉《とら》え得《え》ぬものを見聞きし、草木の精霊の加護を得ることができる。天本の助手として「組織」に所属。ある日、邪悪な意志が、再び少年の幸福を侵食し始める。あることをきっかけに——それはあまりにもさりげなく、「日常」の貌《かお》をしていた。まさかそこにつながっているなんて、誰も考えなかった……。

登場人

●河合純也《かわいすみや》

盲目の追儺師《ついなし》。術者として駆け出しだったころの、天本の師匠。通称・添《そ》い寝屋《ねや》。その名のとおり、添い寝をすることで魔を降す能力を持つ。現在、行方《ゆくえ》知れず。

●辰巳司野《たつみしの》

妖魔《ようま》の骨董屋《こっとうや》。辰巳冬《ときふゆ》なる陰陽師《おんみょうじ》の式神《しきがみ》だったが、人の器に封じられたまま、千年を長らえる。店の客や「組織」の依頼で、時々、気紛れに憑《つ》き物落《ものお》としをする。

●早川知足《はやかわちたる》

「組織」のエージェント。本業は外国車メーカーの販売課長。かつては自らも術者だったが、訳あってその役目を変わり、現在に至る。人の呼吸を読む才に長《た》ける。

●龍村泰彦《たつむらやすひこ》

天本森の高校時代からの親友。兵庫県下で監察医《かんさつい》の職にある。その率直な言動と何気ない気遣いに勇気づけられる者は多い。天本と敏生のよき協力者、理解者。

イラストレーション／あかま日砂紀《ひさき》

尋牛奇談

一章　伸ばした手から

それは、世間がそろそろゴールデンウイークに突入しようという、ある日の午後のことだった。

カタカタカタカタ……。

軽快にパソコンのキーボードを叩《たた》いていた天本森《あまもとしん》は、ふと手を止め、目をつぶった。

「……ふう。さすがに疲れたな」

いつの間にか書き下ろしの締め切り日が過ぎてしまい、森はここ一週間ほど、ろくに眠らず執筆に励んでいる。昨夜《ゆうべ》も、深夜に二時間ほど仮眠をとっただけで、あとはもう十二時間ぶっ続けでパソコンの画面に向かい合っているのだ。

日常生活においては、ほとんどすべてのことをきちんと計画立てて進める森である。だが、こと執筆活動に関してだけは、その生来の几帳面《きちょうめん》さがまったく発揮されないらしい。

「締め切りの日は前からわかってるんだから、間に合うように書けばいいのに。天本さん、普段は凄《すご》くきっちりしてるし、待ち合わせの時間にも正確なのに、締め切りだけは絶対守れないんですね」

同居人であり恋人である琴平敏生《ことひらとしき》は、よくそう言って不思議そうに首を傾《かし》げる。

霊障《れいしょう》解決を取り扱う謎《なぞ》めいた集団、「組織」に在籍し、術者として活躍している森と敏生だが、そんな職業を公表するわけにはいかない。表向き、森は売れっ子作家、そして敏生は画家のアトリエに通って絵の勉強をしつつ、住み込みのアシスタントとして森を手伝っている……ということになっている。

それゆえに、森が締め切り直前の「修羅場」に突入し、部屋にこもりっきりになってしまうと、電話の応対はアシスタントである敏生の仕事になってしまう。

編集者に進捗《しんちょく》状況を問い詰められたり、締め切り延長の交渉をしたり、森は真面目《まじめ》に仕事をしていると一生懸命説明……もとい弁解したり、森の邪魔をしないように、タイミングを見計らってお茶や食事を差し入れたりと、敏生には敏生なりの大きな苦労があるらしいのだ。

それだけに、「締め切り守ってくれたらいいのに」という愚痴とも嘆きともつかない敏生の言葉には、森は「すまん」以外の返答を持たないのだった。

(そういえば、やけに静かだな。敏生は出かけたのか……?)

森は椅子《いす》の背もたれに体を預けたまま、耳を澄ませた。扉の向こうからは、何の物音も聞こえてこない。何か物足りないような気がして、森は軽く眉根《まゆね》を寄せた。

一か月あまり前、森の父親トマス・アマモトの企《たくら》みにより、敏生は闇《やみ》の妖《あやか》しに魅入られた森の師匠、河合純也《かわいすみや》に攫《さら》われた。そして、正気を失った河合に拉致《らち》監禁されている間、敏生は依存性薬物を投与され続け、その結果、心身共に大きな傷を負った。

一時は薬物の禁断症状と精神的なショックですっかり衰弱してしまった敏生だが、龍村《たつむら》や森の献身的な看護のおかげで、つらい禁断症状をどうにか乗り越えることができた。

また、自分のせいで調伏《ちょうぶく》されたと思われた式神の小一郎《こいちろう》が生きていたという喜びも手伝い、回復は思いのほか順調だった。最近では、やや疲れやすいことを除いては、ほぼ以前と変わらない生活が送れるようになっている。

(ずっと休んでいるアトリエに、そろそろ復帰すると言っていたものな。俺に気を遣って、黙って出かけたのかもしれない)

そんなことを思いながら、森は椅子《いす》から立ち上がった。大きく伸びをして、強張《こわば》った全身の筋肉を引き伸ばす。板金のように凝り固まった肩を片手で解《ほぐ》しながら、森は数時間ぶりに部屋を出た。

ゆっくりとした足取りで階段を下り、居間の重厚な木の扉を開く。

「……あ……」

予想に反して、敏生はそこにいた。

おそらく、電話番をしていて、ふと睡魔に襲われたのだろう。テレビをつけっぱなしにして、敏生はソファーで眠り込んでしまっていた。

華奢《きやしや》な体を胎児のように丸めて眠る敏生の傍《かたわ》らには、小さな羊人形がちょこんと後ろ足を投げ出して座っている。

「まったく。またこんなところで……。小一郎」

足音を忍ばせてソファーに近づいた森は、ソファーの肘置《ひじお》きに掛けてあったタオルケットを広げながら、囁《ささや》き声《ごえ》で呼びかけた。

「はッ。お、お呼びでございまするかっ」

途端に、森の足元に、黒衣の青年が跪《ひざまず》く。森の忠実な式神《しきがみ》、小一郎である。いつもの出現パターンではあったが、どうも今日は、いつもより少し余裕がない……というより、慌てているように見える。

「どうかしたのか？」

「い、い、いえ、何でもございませぬ」

あからさまに狼狽《うろた》えつつも、式神はぶんぶんと首を横に振る。森は、怪訝《けげん》そうな顔つきで敏生にタオルケットをそっと掛けてやり、小一郎に小言を言った。

「そばにいて敏生を守ってくれるのは結構だが、眠ってしまったときは何か掛けてやってくれ。ずいぶん元気になったとはいえ、まだ、完全に回復しきったわけじゃない。風邪《かぜ》を引くと大変だからな」

「はっ。も、申し訳ござりませぬ。その、人間の体が脆弱《ぜいじゃく》であることはわかっておりますゆえ、以後重々気をつけるようにいたしまする。その……う、うつけの奴《やつ》、妖魔《ようま》でさえ眠気を催すほどの間抜《まぬ》け面《づら》で寝ておりまするゆえ……つい……」

「……なるほど。お前も、敏生と一緒に昼寝を決め込んでいたわけだ。主《あるじ》の俺が、ろくに眠れないまま死ぬ気で働いているときに、いい身分だな」

「も……申し訳、ござりませぬッ」

森の声には笑いが滲《にじ》んでいるのだが、生真面目《きまじめ》な式神《しきがみ》には、主にからかわれていると気づく余裕などない。精悍《せいかん》な顔を伏せ、バネのような筋肉質の体を小さくして恐縮している。森は、笑って「冗談だ」と言った。

「妖魔といえども、四六時中気を張っているわけにもいくまい。だが、敏生のことをよろしく頼む。今は、俺が気を配ってやれない状態だからな。お前だけが頼りだ」

「はッ。お任せくださりませ！」

尊敬する主人の森に頼られることを何よりの喜びとしている式神は、パッと野性的な黒い瞳《ひとみ》を輝かせる。森は薄く笑い返し、視線を敏生に移した。

小一郎を叱《しか》ったものの、部屋の中は窓から差し込む陽光で心地よく暖まっており、今のところ、風邪《かぜ》を引くことはなさそうだ。敏生の寝顔も、赤子のように安らかだった。

しばらく立ったままその寝顔を見下ろしていた森だが、やがて足音を忍ばせ、台所へと向かった。

正直なところ、向かいのソファーで自分も眠ってしまいたい気持ちでいっぱいの森だが、遅々として進まない原稿のことを考えると、そういうわけにはいかない。せめて、美味《おい》しいお茶でも淹《い》れて、ささやかな休息をとろうと思ったのだ。

だが、湯を沸かしながら、何かつまむものをと冷蔵庫を漁《あさ》っているとき、森はぺたぺたという軽い足音を聞いた。振り返ってみれば、台所の入り口に敏生が立っている。

「ああ、すまない。起こしてしまったか？　うるさくしたつもりはなかったんだが」

森がそう言うと、敏生はまだ眠い目を擦《こす》りながら、それでもすまなそうに言った。

「いいえ、ちょっとうたた寝しちゃってただけだから。天本さん、お仕事は？　もう終わったんですか？」

森は苦笑いしながら、マグカップをもう一つ出して言った。

「いや、まだまだ先は長いよ。だが、目が疲れてしまってね。それで少し休憩することにした。ちょうどお茶の時間だしな」

「あ……ごめんなさい！　僕、三時になったらお茶を持っていこうと思ってたのに……過ぎちゃってる」

「気にするな。おかげで部屋を脱出する口実ができた」

「もう、天本さんってば。でも、天本さんとこんなふうにちゃんとお喋《しゃべ》りするの、凄《すご》く久しぶりですね。……一週間ぶりくらい？」

敏生の素直な言葉に、森は照れくさそうに苦笑いする。

「そんなになるかな。悪いな、締め切りのたびにこのざまで。それで？　君も寝起きのお茶を？」

「はいっ。お相伴《しょうばん》します。あ、そうだ。紅茶にするんだったら、早川《はやかわ》さんに頂いたお菓子を出しますね」

「早川が？　ここに来たのか？」

「いいえ。顔を見せたら天本さんの邪魔になると思ったんじゃないかな。わざわざ送ってくださったんです。差し入れですって。昨日、お電話があったから、お礼を言っておきました」

「なるほど。俺が原稿で七転八倒《しちてんばっとう》していることなど、お見通しというわけか。妙な気を回す奴《やつ》だ」

「いいじゃないですか。誰かが気にかけてくれてるのって、僕は嬉《うれ》しいけどな」

「……君は素直でいい」

森はふてくされたようにそう言って、ティーポットに茶葉をすくい入れる。

（天本さんは、素直じゃなさすぎるんですよ）

そんな素直なコメントは胸の中に留《とど》め、敏生は、食品貯蔵庫の扉を開けた。台所には、ほどなく紅茶のいい香りが漂った……。

春と初夏のちょうど境目あたり。敏生がそう表現したとおり、ガラス窓からさんさんと降り注ぐ陽光の強さは、夏が近づいてきたことを感じさせる。

明るく、心地よい居間で、森と敏生は、久しぶりに二人でのんびり午後のお茶を楽しんだ。

早川の差し入れは、親指の先ほどの小さな焼き菓子の詰め合わせだった。バニラ、オレンジ、ココア、紅茶……様々な味と形の菓子が、紙箱の中に宝石のようにぎっしりと詰め込まれている。見た目にも、舌にも楽しい趣向だ。

次から次へと包装紙を破り、嬉《うれ》しそうに菓子を頬張《ほおば》っていた敏生は、ふと床の上の何かに目を留め、「あっ」と小さな声を上げた。

ゆったりと紅茶を味わっていた森は、敏生の声に目を見張った。

「どうした？」

敏生は席を立ち、庭に続く大きなガラス戸の前から森を手招きした。

「やっぱりそうだ。天本さん、花！　花、咲いてますよ！」

「……花？　何の」

「河合さんの鉢植え！」

しばらくぶりに聞いた河合の名に、森は思わず反射的に腰を浮かしてしまう。落ち着けと自分を叱咤《しった》しつつ、森はカップをテーブルに置き、敏生のそばに歩み寄った。

まるで小さな子供のように床の上にしゃがみ込み、敏生は幼い顔をほころばせる。彼の目の前には、以前……正気を失う直前の河合が、土産《みやげ》代《が》わりにと置いていった鉢植えの木があった。

ここに持ち込まれたとき、それは小さすぎる鉢に植えられ、葉の一枚すらついていない枯れ木と見まごうような代物だった。それを敏生が大きな鉢に植え替え、日当たりのいい場所に置き、数日おきに水をやって、根気よく世話を続けていたのだ。敏生が禁断症状で伏せっている間でさえ、森が水やりを忘れなかった。

その甲斐《かい》あって、今日、鉢植えは、ついに晴れの日を迎えた。

茶色い枝のそこここに、濃いピンク色のつぼみがいくつもついている。そして、そのうちの一つが、そっとささやかな花弁を開いていた。

「可愛《かわい》い花だなあ」

敏生は愛《いと》おしげに、チョウチョに似た形の花に顔を寄せ、微笑《ほほえ》んだ。森も、敏生の隣で上体を屈《かが》め、子細に花を観察する。

「どうも、マメ科の植物のようだな」

「そうなんですか?」

「いや、俺は素人《しろうと》だからよくわからないが、花の形がそんな印象だ」

「あ、そういえば、ピーピー豆の花に、色も形も似てますね。大きさは、こっちのほうがうんと大きいけど」

「ピーピー豆?」

「ほら、道ばたに生えてて、春にピンク色の花が咲いたあと、ちっちゃいお豆が生《な》ってたじゃないですか。サヤで、笛を作ったりしたでしょう? よくピーピー吹いて遊んだなあ」

「……ああ、カラスノエンドウのことか」

森はさらりと正式名称を口にする。敏生はかえって驚いたように森を見た。

「カラスノエンドウ? ピーピー豆って本当はそんな名前なんですか? 何でカラス? もしかしてカラスの好物?」

「スズメノエンドウより大きく、熟した豆が真っ黒になるからだ……と、幼い頃に父から教わった記憶がある。だが、あれで笛を作るなんてことは知らなかったな」

森はボソリとそう言った。話がトマスのことに及び、ちょっとギョッとした敏生は、すぐに頰《ほお》を膨らませ、憤慨した口調で言った。

「んもう、天本さんのお父さんは、難しいことと賢いことばっかり教えて、簡単なこととか楽しいこととか、全然教えてないんだから！　いいです。今度ピーピー豆見つけたら、僕が笛の作り方、ちゃんと教えてあげますからね」

真面目《まじめ》な顔でそんなことを言われ、森は苦笑いで頷《うなず》いた。

「ああ、よろしく頼む。……と、そういえば、花が咲いてくれたおかげで、この植物の名前がわかるかもしれないいな」

敏生も、ポンと手を打つ。

「ホントですね！　そっか、種類がわかれば、ちゃんとした世話の仕方もわかるかも。天本さんのお部屋に、植物図鑑ありましたよね。僕、取ってきます」

敏生はそう言うなりぴょんと立ち上がり、部屋から駆け出していった。そしてほどなく、分厚い植物図鑑を抱えて戻ってきた。

二人はそれから鉢植えの前に座り込み、数十分、ただひたすらに図鑑のイラストと鉢植えを見くらべて、あれでもないこれでもないと調べものに没頭していた。

「あ、天本さん、これ！」

不意に敏生は、開いたページの一か所を指さした。森も、精密に描《か》かれた小さな絵と、鉢植えにただ一輪咲いた花を幾度も交互に見てから、微妙に首を傾《かし》げた。

「確かに似ているが……イラストでは確信できないな。だが、植物の名前で見当がつけば、インターネットで検索をかけられる」

「あ！　そっか。ネットで、絵じゃなくて写真が見られるかもですよね」

「ああ。俺の部屋のパソコンで調べてみようか」

「はいっ」

森は大きな鉢を、敏生は図鑑を持って立ち上がる。二人は、早速森の部屋へと移動した。

森は、鉢を机の片隅に置くと、椅子《いす》に掛けてパソコンに向かった。開きっぱなしになっていた原稿の文書ファイルをいったん閉じ、インターネットに接続する。

「何だったかな、それとおぼしき植物の名前は」

敏生は森の隣に椅子を持ってきて座り、図鑑のページを開いて答えた。

「ええと、ハナズオウですって」

森は検索サイトを立ち上げ、ハナズオウ、と素早く打ち込んだ。

「ハナズオウか……。ああ、たくさんヒットした。いくつかホームページを開いてみよう。どこかに写真が載っているだろう」

森は、マウスを操作して、ホームページを次々と開いていく。四つ目のホームページを開いた瞬間、森と敏生は、同時に「あ」と小さな声を上げた。

「これ！　やっぱりこれですよ、天本さん。花の形が一緒だもの」

敏生は図鑑を椅子に置き、軽く興奮した様子で立ち上がった。そのホームページには、ハナズオウの花の写真が、大きく掲載されていたのだ。写真の中で咲き乱れるピンク色の花は、今、二人の目の前にある鉢植えにただ一輪咲いた花と、色も形も酷似していた。

「これだな」

「これです！　やっと名前がわかりましたね。そっか、ハナズオウっていうのか……」

二人は満足げに顔を見合わせた。森は、ホームページの画面をスクロールして、「見ろ」と言った。

「いろいろと解説も書いてあるぞ。やはりマメ科の植物で、江戸《えど》時代初期に中国《ちゅうごく》から渡来。四月中旬から下旬に開花。花が咲いたあとに、葉が出てくるそうだ」

「へえ。変わった木ですねえ。それで、いきなり枯れ木に花が咲いたみたいになってるんだ」

敏生は感心したように頷《うなず》く。森はさらに、そこに書かれていることを読み上げた。

「三月十六日の誕生花。花言葉は、質素・裏切り・目覚め……」

森はハッとして口を噤《つぐ》む。敏生は、そんな森の背後から、小声で呟《つぶや》いた。

「質素っていうのはいかにも河合さんって感じだけど……裏切り……目覚め……」

森は、画面を見つめたまま、小さく頷いた。

「妙だな。河合さんがこの鉢植えを持ってきたのは、公園で闇《やみ》の妖《あやか》しに取り込まれるより前だったのに。裏切りに目覚め……か。まるで、一連の出来事を暗示しているような花言葉だとは思わないか。あるいは河合さんはあのとき既に、その後起こることを予期していたのかもしれないな」

「駄目ですよ、そんな花言葉に引きずられちゃ」

敏生は、背後から森の首筋に両腕を回した。甘えるように、森の側頭部に温かな頰《ほお》を押し当てる。

「敏生……」

「闇《やみ》の妖《あやか》しに操られた河合さんに首を絞められたとき、河合さんが踏ん張って、妖しの力を押しとどめてくれなかったら、僕、あのまま死んでました。小一郎だって、きっと……。河合さん、僕たちを裏切らずにいてくれたじゃないですか。そうでしょう」

監禁されていたときのことを思い出したのだろう。敏生の声は、微《かす》かに震えを帯びている。森は、首を抱く敏生の手を、自分の冷たい手でそっと触れた。

「ああ、そうだな。河合さんは、妖しに体を乗っ取られはしても、魂のすべてを明け渡しはしなかった。それでこそ……河合さんだ。俺たちの師匠だ」

強い口調でそう言い、森は鉢植えの木に咲いた小さな花に視線を移した。敏生は、森の耳元で、囁《ささや》いた。

「ねえ、天本さん。河合さんは、この鉢植えに花が咲く頃に、たつろうと一緒に帰ってくるって言ってたんですよね？」

「そういえば、そんなことを言っていたな」

「じゃあ、もうすぐ帰ってくるかも？」

敏生の声には、祈るような響きがある。森は、静かに頷《うなず》いた。

「そうだな。君は河合さんとの約束を守って、きちんと鉢植えの世話をしてくれたんだものな。河合さんも、きっと帰ってくるさ。……あるいはもう、たつろうと出会えているのかもしれないぞ」

「ええっ？　だけど、あれから全然、電話もお手紙もないですよ？　それとも天本さんには連絡あったんですか？」

ちょっと体を離し、不満げにそう言った敏生に、森は苦笑いでかぶりを振った。

「あれば教えるよ。ただ、あの人に関しては、昔から『便りがないのがいい便り』だったからな。……律儀《りちぎ》に顔を出してくるときのほうが、ろくでもないことばかり起こる」

「でも！　たつろうともう出会えてるなら、早く戻って顔を見せてくれたらいいのに！あ……もしかして……寄り道？」

森は優しく敏生の腕を解《ほど》くと、座ったままで椅子《いす》を回転させ、体ごと敏生のほうに向き直った。

「あの人は、世界中に四畳半があるらしいからな。ホッとしたところで、馴染《なじ》みの女性のところに落ち着いてしまったかもしれない」

「えええー。酷《ひど》いや。こんなに心配してるのにい。でも、ありえない話じゃないなあ。凄《すご》く河合さんらしい」

敏生はクスッと笑って言葉を継いだ。

「何だか、それでもいいやって思っちゃった。それでこそいつもの河合さんって感じで。……でも、せめて元気かどうかだけでも知らせてほしいなあ」

「大丈夫だよ。遅くなることはあっても、約束を破ったことはない人だから。このつぼみがすべて開くまで、楽しみに待っていよう」

「そうですね！」

敏生は元気よく頷《うなず》く。森は、机の端っこに置かれた植木鉢を指さして言った。

「さて、こいつの正体が気持ちよく判明したところで、俺はそろそろ仕事に戻らなくてはな。また、電話番を頼めるかい？　あと二、三日でめどがつくはずだから」

敏生は頷いたが、すぐに出ていこうとはしなかった。もじもじして森の顔を見る。その ほんのり染まった目元を見て、鈍感な森も、さすがに恋人の意図を正確に察し、椅子《いす》から立ち上がった。

「すまない。寂しい思いをさせるな」

敏生は、うっすら頬《ほお》を上気させ、首を横に振った。

「いいえ、もう慣れました。天本さんが一生懸命頑張ってるってわかってるし、編集さん待ってるんだから、遊んでる場合じゃないんだし。でも……やっぱり、せっかく久しぶりにたくさん話せたから、このまま出ていくのは寂しくて」

「わかってる」

森は、ちょっと気恥ずかしげに両腕を広げてみせる。敏生は、一歩前に進んで、森の広い胸を両腕でぎゅっと抱いた。森も、敏生の華奢《きゃしゃ》な体をしっかりと抱きしめる。シャツ越しに感じる温《ぬく》もりにどうしようもなく安心して、敏生はそっと目を閉じた。

やがて森は、ゆっくりと敏生の体を引き離した。柔らかな栗色《くりいろ》の髪を撫《な》でた森の冷たい左手が、敏生の頰《ほお》へと滑る。その手に導かれるままに、敏生は心持ち顎《あご》を上げ、目を伏せた。

触れるだけの小さな口づけのあと、森は敏生のわずかに熱くなった頰にも名残《なごり》のキスを贈り、敏生を扉のほうへ優しく押しやった。敏生も、今度は従順に鉢植えを抱え、戸口へ向かう。

扉を開けたところで振り向いた敏生は、にこっと笑って言った。

「夕飯、七時頃に持ってきますね。今日はカレーです。楽しみに頑張ってください」

「ああ、ありがとう」

パタンと扉が閉まり、階段を下りる足音が遠ざかっていく。

「……さて。夕飯までもうひと頑張りするか」

森は、何度か大きく腕を回してから、再び椅子《いす》に座り、まだまだ果ての見えない原稿との格闘を再開したのだった……。

＊　　＊

そして、三日後の朝。

森は予告どおり、どうにか原稿を仕上げることができた。そして、いつも脱稿後はそうであるように、泥のように深い眠りに沈んでしまった。

そんな森を家に残し、敏生は羊人形を伴って外に出た。駅前の和菓子屋で小さくて愛らしい干菓子の詰め合わせを買い、珍しく緊張の面持ちで敏生が向かった先は……そう、アトリエであった。

あの突然の誘拐事件以来、敏生はもう二か月もアトリエに行っていない。森が気を利《き》かせて、「実家の急な不幸でしばらく田舎に帰ることになった」と嘘《うそ》の連絡を入れておいてくれたおかげで、敏生の絵の師匠である高津園子《たかつそのこ》は、さしたる疑問もなく、敏生に長期の休暇を許した。

それゆえに敏生は、良心の痛みを感じつつも、ありがたく自宅療養を続けてきたのである。だが、もうかなり体力が回復し、精神的にも十分に安定したと判断した敏生は、園子に無沙汰《ぶさた》を詫《わ》び、アトリエに復帰したいと頼みに行くことにしたのだ。

もうお前など要らないと言われたらどうしようとドキドキしながら高津邸を訪れた敏生だったが、園子は童女のような屈託のない笑みで、敏生を迎え入れてくれた。

「少し痩《や》せたんじゃないの？　いろいろ大変だったんでしょうけど、いつからでもまたいらっしゃい。みんな、あなたがいないと火が消えたようで寂しいのよ。あなたが元気な顔を見せてくれるだけで、このアトリエの空気がパッと華やぐの」

何があったと一言も問うことなく、園子は優しくそう言った。敏生はただもう申し訳なくてありがたくて、何度となく「ありがとうございます」と繰り返すことしかできなかった。

結局、連休明けからアトリエ通いを再開させてもらうことにして、敏生は高津邸を辞した。道を歩きながら、初夏のみずみずしい空気を思いきり吸い込む。周囲に人がいないことを確かめて、敏生はジーンズにぶら下げた羊人形に呼びかけた。

「ねえ、小一郎」

「何だ」

ドロンと音がしそうな勢いで、式神《しきがみ》が姿を現す。相変わらずレザーで全身を固めたバイク乗りのような服装の小一郎は、森に呼ばれたときとは対照的な尊大な態度で、敏生を見下ろした。

敏生は、仏頂面《ぶっちょうづら》の式神《しきがみ》に、ニコニコと話しかけた。

「聞いてただろ。先生、怒らずにいてくれてよかった。僕、もう来なくていいって言われたらどうしようって、心臓破裂しそうだったんだよ」

「主殿《あるじどの》のご配慮の賜《たまもの》だな」

「うん。ホントだよね。先生には嘘《うそ》ついて申し訳ないけど、ホントのことなんか言えないもの」

「うむ。恩人を騙《だま》した詫《わ》びは、行動で示すしかあるまい。誠心誠意努めることだな」

腕組みして歩きながら、小一郎は子細らしくそんなことを言う。敏生はしみじみと頷《うなず》いて、こう言った。

「そうだよね。頑張るよ。一生懸命絵の勉強して、先生のお手伝いしなきゃ。……ね、安心したらお腹空《なかす》いちゃった。天本さん、きっと今日は夜まで目を覚まさないだろうし、お昼食べて帰ろうよ。駅前に、ハヤシライスが凄《すご》く美味《おい》しい洋食屋さんがあるんだけど、一緒に行かない？」

その言葉に、小一郎の吊《つ》り上《あ》がったきつい目がきらりと光った。人間社会のこと……特に、ファッションと食べ物に興味津々《きょうみしんしん》の小一郎である。「妖魔《ようま》には、食える・食えないの区別しかない」と主張するわりに、何でも食べてみたがるところをみると、意外に味覚は発達しているのかもしれない……と敏生は思う。

「『はやしらいす』とは何だ?」

「ええとね。牛肉とタマネギをいためて、デミグラスソースとケチャップで味をつけたのをご飯にかけてあるんだ。美味《おい》しいよ」

「……何故《なにゆえ》、それが『はやしらいす』なのだ? 『らいす』は確か米飯のことであったな。ならば、『はやし』は何を指すのだ。肉か、玉葱《たまねぎ》か、それとも調味料か?」

「うっ……」

またしても始まってしまった小一郎の「なぜなに攻撃」に、敏生はたじろぐ。人間ならば何となく受け流してしまうようなことに、生来真面目《まじめ》な性格らしいこの妖魔《ようま》は、とことんこだわってしまうのである。

「えっと……なんだっけ。べつに素材をハヤシって呼ぶんじゃなかったと思うんだけど。ハヤシさんっていう人が考案したからだっけ」

「安直な命名だな。では、『かれーらいす』は、『かれー』という奴《やつ》が考案したのか」

「ち、違うよ。いや、わかんないけど、たぶんそれは違うと思う。そのへんはきっとインドの何とかなんだけど、それは脇《わき》に置いといて。ハヤシライスは……確かハヤシさんの得意料理だったからって、どっかで聞いた気が……」

「ふむ……」

「あー、でもね。僕の父さんは、僕がちっちゃい頃、確か『ハイシライス』って言ってたんだよね。じゃあハヤシさんじゃないのかな」

曖昧《あいまい》な答えに、短気な式神《しきがみ》はキリリと眉《まゆ》を吊《つ》り上《あ》げる。

「ええい、要領を得ぬ答えしか口にできぬ奴《やつ》め！」

敏生もちょっと不満げに頰《ほお》を膨らませて言い返した。

「べつに、好きな食べ物の名前の由来なんて知らなくてもいいだろ。美味《おい》しければそれでいいんだからさ！ そこの店は、ハヤシライスの上にふわふわのちっちゃいオムレツをのっけてくれるんだ。ちょっとオムライスっぽくて美味しいんだよ〜。小一郎が、名前の意味を知らなきゃ食べられないっていうならいいや、僕、ひとりで食べて帰るから」

「ま、待たぬか。誰もそのようなことは言うておらぬ。つきあってやるにやぶさかでないぞ。ただし、主殿《あるじどの》には……」

「わかってる。天本さんには内緒なんだろ。いいよ、天本さんには、お土産《みやげ》にケーキ買って帰るから。それなら、何時に起きたって食べられるもんね」

「それがよかろうな」

「じゃ、決まりだね。行こう！ 早く行かないと並ばなきゃいけなくなるよ。ほら、急いで！」

心得顔で頷《うなず》いてみせた式神の背中をぐいぐい押して、敏生は駅へと急いだ……。

それから一時間後。

「はー、美味《おい》しかった！　ね、言ったとおり、オムレツふわふわだっただろ」

敏生と小一郎は、食事を終えて洋食屋を出た。既に店の外には、長い行列が出来ている。あと少し遅れていれば、この列に加わる羽目になっていたことだろう。

満腹の敏生はご機嫌だが、小一郎のほうは、相変わらず面白くもなさそうな顔で、レザージャケットを羽織りながら言った。

「うむ。卵と野菜と肉と米が、調理法の違いでそれぞれ違う食感を持つ。それを一緒に混ぜて食うのが、なかなか愉快だな」

「へえ、味じゃなくて食感かあ。妖魔《ようま》の味わい方って面白いね」

敏生はニコニコして、前方……緩い坂の下を指さした。

「あの店が、天本さんのお気に入りのケーキ屋さんなんだ。あそこでお土産《みやげ》買っていこう」

「うむ」

二人は連れだって歩き出した。もはやトレードマークに等しいパーカにジーンズという学生風のファッションをした小柄な敏生と、全身を黒のレザーに包んだそこそこ長身の小一郎という珍奇な取り合わせは人目を引いたが、二人ともそんな視線に気づくようなタイプではない。賑《にぎ》やかに喋《しゃべ》りながら、緩い坂道を歩いていく。

「ねえ、小一郎もケーキ食べるよね。ちゃんと、小一郎の分は、別の箱に詰めてもらってあげるから」

「ほう、お前も最近、少々賢くなってきたではないか」

「……相変わらず偉そうに褒めてくれて、ありがと」

軽く唇を尖《とが》らせつつも、敏生の顔からは笑みが消えなかった。

敏生が河合に拉致《らち》監禁されたとき、小一郎は森を敏生のもとに導くために、その身を投げ出した。実際、敏生は……主人である森さえも、しばらくは小一郎が河合に宿った闇《やみ》の妖《あや》かしに妖力《ようりょく》を吸い尽くされ、死んだと思い込んでいた。それほど、小一郎の力は弱りきっていたのだ。

敏生が回復に長い時間をかけたように、小一郎もまた、こつこつと雑霊《ざつれい》を狩り、妖力を少しずつ取り戻してきた。

今、二人して以前のように喋《しゃべ》ったり他愛《たわい》ない口げんかをしたりできることが、敏生には嬉《うれ》しくてたまらない。ちょっとやそっとのことでは、腹も立たないというわけなのだろう。

「天本さんね、ケーキに関しては、好みが子供みたいで可愛いんだよ。苺《いちご》ショートがいちばん好きなんだってさ。僕はやっぱモンブランかな。小一郎は？」

「何でもよいわ」

「えー、だって、さっき言ってたじゃん。食感がどうとかって。きっと食感が面白いケーキだって……え？」

不意に、小一郎は片腕を敏生の前に突き出し、その歩みを止めた。突然のことに、敏生はビックリして足を止める。

「小一郎？　どうしたの？」

「……………」

小一郎は、さっきまでとは打って変わった険しい面持ちで、前方を睨《にら》みつけていた。さらに一歩前に出て、敏生を自分の背中に庇《かば》う。その全身から立ち上る殺気に似た警戒の「気」に、さすがの敏生もハッとした。

急に立ち止まった二人を、周囲の人々は迷惑そうによけて歩く。敏生は慌てて、小一郎を道の端に引きずっていった。それでも小一郎は、人混《ひとご》みの一点を凝視することをやめようとしない。

「まさか……何か……っていうか、誰か来るの？」

（もしかして……トマスさん……？）

その名が胸に浮かんだ瞬間、首筋に氷を押し当てられたように、敏生はゾッと身震いする。それでも敏生は、小一郎の背中越しに、自分たちに接近しつつある「誰か」をいち早く見つけようと、人混みに目をこらす。

……と。

カツッ。

鋭い靴音がして、ひとりの人物が二人の前に現れた。小一郎は、こわい髪が今にも逆立ちそうなほど……まるで怒った猫のような勢いで身構える。ごくりと生唾《なまつば》を飲み、自分の前に立つその人物を見た瞬間、敏生は驚きに目を見張った。

「あ……あなたは……!」

その頃、森は、ベッドの中……ではなく、母屋《おもや》の外にある物置にいた。

いつもなら、原稿を仕上げたあとの森は、十二時間ほどぶっ通しで眠り続ける。今回もそうするつもりだったのだが、原稿を受け取った担当編集者からの電話で、早々に叩《たた》き起《お》こされてしまったのだ。

編集者が申し訳なさそうに告げた電話の内容は、森の子供の頃の写真を一枚借り受けたいというものだった。どうやら、出版社のホームページ企画で、「作家の今の顔と子供時代の顔」を使ったクイズをやるらしいのだ。

寝起きの不機嫌も手伝って、一度は「そんなものは見あたらない」と突っぱねた森だが、どうしてもとせがまれ、仕方なく捜してみると約束してしまった。

「……やれやれ。どこを捜せばいいものやら」

広い物置には、所狭しと段ボール箱が積み上げられていた。ほとんどは、この家の前の持ち主の所有物であった家具や小物なのだが、ほかにも、森が作家になってからの原稿や、もう使わないが一応保存してある資料、それに出版社から送られてくる書籍が大量に保管されている。

そんな品々に交じってほんのわずか、生家から持ってきた荷物があるはずだった。

「……この辺りか……」

箱の山を掻《か》き分《わ》け、小一時間ほど悪戦苦闘したあと、森はひときわ古く見える箱を五つほど選び出した。埃《ほこり》を被《かぶ》ってしまった髪や服をはたき、森は思わず溜《た》め息《いき》をつく。

生まれ育った家をあとにしたとき、森はほとんどの持ち物を処分してしまった。それに加えて、もともとよりスナップ写真など撮ってもらう機会がなかった森は、幼い頃の写真も、そう多く持ってはいない。高校に入ってからなら、級友だった龍村や津山《つやま》かさねが無理やり撮った修学旅行や遠足の写真が、それなりにあるはずなのだが。

(だが……確か、幼い頃は誕生日のたびに、父が俺をドレスアップさせて写真館に連れていって、記念撮影をしていたな。あの頃の写真が……あるいは荷物に入っていたかもしれない)

そんな遠い記憶を辿《たど》りながら、森はガムテープを剝《は》がし、いちばん手近な箱を開けてみた。そして、またしても嘆息する。箱の中には、様々な品物が、まさしく手当たり次第に放《ほう》り込《こ》まれていたのである。

「そうか……これはあいつの仕事だな」

引っ越し当時の森は、霞波《かなみ》を失ったばかりだった。半ば魂が抜けた状態で引っ越しを敢行したせいで、荷造りの大半は当時の同居人だった松山美代子《まつやまみよこ》がしてくれたようなものだ。そして、その美代子は、整理整頓《せいとん》が何より苦手な人物なのである。

(これではまるで、夜逃げしてきた人間の荷物だな)

しかし、閉口しているばかりでは、いつになっても作業が終わらない。居間のテーブルに「アトリエに挨拶《あいさつ》に行ってきます」というメモが残してあったから、敏生はおそらく夕飯までには戻るだろう。夕方には作業を終わらせ、久しぶりにまともな食事を振る舞うべく、買い物に行かなくてはならないのだ。

「……とにかく、捜すだけ捜してみるか」

半ばヤケクソの勢いで、森はコンクリート床に敷かれたゴザの上に、箱の中身を出し始めた。

ところが、三つ目の箱に取りかかってほどなく、森は、ギョッとして手を止めた。

「これは……」

その箱に詰め込まれていたのは、すっかり処分してしまったはずの、森の父親、トマス・アマモトの持ち物だった。おそらく、美代子が忙しい荷造りの最中、捨てるものと持っていくものを取り違えてしまったのだろう。

すぐに蓋《ふた》を閉め、箱ごと捨ててしまおうと思ったが、森は考え直して、箱に入っていたものを一つずつ取り出し、調べてみることにした。父の素性や母が正気を失った理由、それに姉の死の謎《なぞ》を追うにあたって、何か参考になるようなものがあるかもしれないと思ったのだ。

当初の目的はすっかり忘れ、森は論文の草稿やフィールドワークの資料などを、一点一点チェックしていった。そのほかにも、段ボール箱の中には、トマス愛用の文具や何冊かの書籍が入っていた。だがそのどれにも、たいした手がかりはなさそうだ。

「残ったのはこれだけか」

最後に森が取り出したのは、木製の美しい箱だった。おそらく、アジアのどこかの国で作られたものだろう。白木と黒檀《こくたん》を組み合わせた寄せ木細工風のその箱は、書類を入れておくのによさそうな大きさと形をしていた。

モノトーンのシンプルなデザインだが、幾何学的な細かい模様はすべて手作業で、腕のいい職人の手によるものだと一目でわかる。かなり古そうだが、箱の表面を飾る薄い木片は、一つも剝《は》がれていなかった。

「……そういえば……」

遠い記憶を呼び起こすと、森は一度だけ、その箱を目にしたことがあった。幼い頃、父の書斎に呼ばれて入ったとき、トマスはその箱に何かを入れて鍵《かぎ》を閉めているところだった。

不思議そうにそれを見る息子に、父親は薄く笑ってこう言った。

「お前も、大人になればこういうものを持つといい。大切な手紙や書類は、こうして鍵をかけて箱に入れておくのだよ」と。

(大切な手紙や書類……あのとき、父さんは確かにそう言った……)

森は、箱に耳を寄せ、小さく振ってみた。

カサカサッ。

どうやら、中には軽いもの、おそらくは紙が入っているらしい。乾いた小さな音がする。

(あのときに入れたものが今も入っているとは限らないが……しかし父さんははっきりと、「大切な手紙や書類」をここに入れるのだと言った。それならば)

それならば、今、ここに入っているものが、父にとって極めて重要なものである可能性は高い。

森は蓋《ふた》に手をかけてみたが、やはりしっかりと施錠《せじょう》されていた。段ボールの中を捜しても、それらしい鍵は見つからない。おそらく鍵は、トマスが持っているのだろう。

何とか開けてやろうと力任せに引っ張ってみたが、意外に頑丈なその箱は、びくともしない。手近にあった針金を使って鍵を開けようとしばらく苦戦してみたが、まったくの徒労に終わった。

「壊すしかないか。……しかし……」

床に投げつけて叩《たた》き割《わ》るのが、いちばん手っ取り早い方法であることはわかっている。

だが、そうするには、箱はあまりにも美しすぎた。

（職人が丹誠込めて作ったものだ。それに、何十年も完璧《かんぺき》な姿を保ってきたものを、無造作に破壊するには忍びないな……）

落ち着いて考えれば、何かもっといい方法があるかもしれない。そう思った森は、ひとまず箱を持って物置を出た。家に入った時点で、肝心の目的である幼児期の写真を捜すのを忘れていたのを思い出したが、もとから気の進まない話である。この際、「捜したがなかった」ことにしようと決めた。

とりあえず居間のローテーブルの隅に箱を置き、さて、物置で被《かぶ》った埃《ほこり》を落とすためにシャワーでも浴びようか……と思ったとき、玄関の扉が開く音がした。次いで、パタパタと廊下を走る敏生の軽やかな足音が聞こえる。

（何を慌てているのやら……）

森がその場に立って待っていると、バタンと扉を開け、敏生が飛び込んできた。何やら、困った顔をしている。

「お帰り。どうした？　まさか、先生にお叱《しか》りでも受けたのか？」

森が心配してそう訊《たず》ねると、敏生はすぐさま否定した。

「いいえ、先生は、いつからでもいらっしゃいって言ってくださったんですけど……あの、駅前で……」

「駅前で?」

だが、その問いに敏生が答える前に、敏生の小さな体をぐいと押しのけて居間に入ってきた人物があった。

小一郎ではない。

森に負けず劣らずの長身を、カジュアルだが名の通ったブランドの服に包み、作り物めいて見えるほど整った顔をした青年。緩くウエーブした赤みがかった茶色の髪はソフトなイメージだが、それ以外の顔の造作は、切れ上がった鋭い目も、薄い唇も、酷《ひど》く冷たい雰囲気を湛《たた》えている。

それは、千年の時を生きてきた妖魔《ようま》の術者、辰巳司野《たつみしの》だった。司野の顔を見るなり、森の眉間《みけん》には浅い縦皺《たてじわ》が寄る。

司野は、敏生が平安《へいあん》の都で大いに世話になった検非違使《けびいし》、中原元佑《なかはらのもとすけ》の知己であり、もとは人間に仕える式神《しきがみ》であったらしい。亡《な》き主人に人の器に封じ込められ、何故《なぜ》かそのまま調伏《ちょうぶく》されることも解放されることもなく、今日に至っている。

これまで森と敏生は、何度か司野の助力を得て、トラブルを乗り越えたり、事件を解決したりしてきた。森には司野を嫌う理由はないのだが、頭が上がらない相手だけに、苦手意識があるのだろう。

「これは、珍しい客人だな。どうした風の吹き回しだ？　用があれば、呼びつけるんじゃなかったのか」

「ち、ちょっと、天本さん……。天本さんは人間なんだから、こんにちはくらい言ってくださいよう」

顰《しか》めっ面《つら》の森の脇腹《わきばら》を、敏生は肘《ひじ》で軽く小突く。しかし、もとから挨拶《あいさつ》の習慣のない司野は、森の故意の不作法など気に留める様子もなく、傲然《ごうぜん》と言い放った。

「出先で、小わっぱを見つけた。用があったから連れていこうとしたが、お前の式神《しきがみ》がお前の許可なしに連れていかせるわけにはいかんと言い張るのでな。仕方なく立ち寄ってやったんだ」

「小一郎が？」

森はハッとして戸口を見た。司野の背後に、緊張の面持ちをした小一郎が仁王立《におうだ》ちになっている。そのまま待機していろと目で命じて、森は司野を軽く睨《にら》んだ。

「当然だ。……だいたい、敏生に用とは、いったい何の……」

「精霊《せいれい》の小わっぱに、いつぞやの借りを返させるときが来ただけのことだ。お前に報告はすんだ。では連れていくぞ」

そう言うなり、司野は敏生の腕を摑《つか》み、そのまま連れ去ろうとする。

「うわあっ」

「待てっ！」

森は慌《あわ》てて二人の間に割って入り、敏生を自分の後ろに押しやった。

「馬鹿《ばか》を言うな。どこで何をさせるかも聞かないうちに、大事な助手を連れていかせるわけにはいかない」

敏生も、心細げに森のシャツの背中を両手で摑んでいる。司野は、不機嫌そうに鼻を鳴らした。

「なら、手短に説明してやる。先刻預かったばかりの品物が……」

「待った」

森は、さすがに呆《あき》れ顔《がお》で司野の言葉を遮った。司野の形のいい眉《まゆ》がキリリと吊《つ》り上《あ》がる。

「何だ。説明しろと言ったのはお前だぞ」

「とにかく、こんなところで突っ立ったまま話すほど緊急事態でもあるまい。紅茶を飲む暇くらいはあるんだろう？」

司野は、森にへばりついている敏生をジロリと見た。敏生は、森の背中から顔を出し、何度も頷《うなず》く。

た。

「仕方ない。心の準備をする時間をくれてやるか」

あくまでも居丈高な態度でそう言い、妖魔《ようま》は無造作にソファーにふんぞり返ったのだっ

とりあえず司野を居間に落ち着かせ、弁慶《べんけい》よろしく戸口に突っ立っていた小一郎を羊人形に戻してから、森と敏生は慌ただしく三人分のお茶の支度をした。

二人だけのお茶のときはマグカップですませるが、来客時には、きちんとティーカップを使う。森が選んだのは、オールドノリタケのティーセットだった。さほど高価な品ではないが、枝にとまった青い鳥が丁寧に描《か》かれた、愛らしいカップとソーサーである。おそらく、骨董屋《こっとうや》を経営する司野を意識してのことだろう。

「天本さん、そういえば寝てなかったんですね。大丈夫ですか？」

敏生は、ティーポットにぐらぐら沸いた湯を注《つ》ぎながら、心配そうにヒソヒソ声で森に言った。森は、軽く肩を竦《すく》め、指先で重い上瞼《うわまぶた》を揉《も》んだ。

「まあ、話を聞くくらいならな。事情もわからず君を連れていかれるよりはマシだ」

「……すいません。あ、でも、小一郎が頑張ってくれたから、あのまま引きずっていかれずにすみました。ありがとね、小一郎」

敏生は、羊人形の頭にちょんと触れて礼を言った。むろん、中にいるはずの式神《しきがみ》は知ら

んぷりだが、森も微苦笑で同意する。

「まったくだ。よくやったぞ、小一郎。……ところで、君が今淹《い》れている紅茶は、ストレートで飲むのがいいのか？　それとも……」

「イングリッシュ・ブレックファーストにしましたから、ミルクティが美味《おい》しいですよ。……ホントは、ケーキをお土産《みやげ》に買ってくるつもりだったのに、司野さんに会ってバタバタしてて、買い損ねちゃいました。ごめんなさい」

「いいさ。またの機会を楽しみにしておくよ。……ミルクを用意して……と。さて、運ぶとするか。千年生きているくせに短気な奴《やつ》だからな。あまり待たせては、へそを曲げてしまいそうだ」

　そう言って森は、大きな盆を持ち上げた……。


　敏生が丁寧に淹《い》れた紅茶を、司野はべつだん旨《うま》くもなさそうに無造作に一口啜《すす》った。そして、おもむろに話を再開した。

「では、説明してやる。実は先日、憑《つ》き物落《ものお》としの依頼があってな。その仕事に、小わっぱが要るんだ」

　森は、ことさら冷ややかに問いかけた。

「ほう。だが、憑き物落としはあんたの日常業務みたいなものだろう。何故《なぜ》急に、敏生が必要になるんだ」

「依頼主の要求が少々特殊でな。今日、品物を預かってきた。見ろ」

司野はそう言って、ローテーブルの上の食器をどけ、風呂敷包《ふろしきづつ》みを置いた。無造作に、風呂敷を解いていく。中から現れたのは、古そうな手鏡だった。赤い漆塗りの美しい手鏡には、同じように牡丹《ぼたん》の花が描《か》かれた漆塗りの蓋《ふた》がついている。

「鏡ですか？　これ、蓋が外れるんですよね」

とりあえず今すぐ拉致《らち》されることはないと安心して、敏生は興味深そうに身を乗り出す。だが、「その鏡に、女の顔が映るんだ」という司野の言葉に、蓋を外そうと伸ばしかけた手をすぐさま引っ込めた。

「お、女の人の顔……？　ホントですか？」

「ああ。俺も先方で確かめてきた。見たいなら、今見せてやってもいいが」

「い、いい、いいですッ。天本さんだって、見たくないですよねッ」

「……べつに見たくはない。だが、確かに弱いが人の『気』を感じるな。できれば話の続きを聞きたいものだ」

森に促され、司野は淡々と事情を語った。

「これは、とある旧家で明治《めいじ》から大正にかけて使われていたものだ。持ち主は、その家の娘。結婚が決まっていたものの、風邪《かぜ》をこじらせて急死したそうだ」

「うわ……」

敏生は気の毒そうに眉《まゆ》を顰《ひそ》める。森は、無言で耳を傾けた。

「その娘の年の離れた弟が、それを姉の形見として、ずっと持ち続けていたらしい。今回の依頼人は、その弟だ。手鏡の蓋《ふた》を開けるたびに、いつまでも若いまま変わらぬ、死ぬ直前の姉の悲しげな顔が映る。それを見て、姉の魂がこの手鏡に宿ったと信じ、手鏡を姉だと思って大切にしてきた。だが、そうこうしているうちに、いつの間にか自分も年老いた。姉の魂が宿る手鏡のことが気がかりだが、子孫に伝えたところで、自分と同じように姉を大切に思ってくれるはずはない……そこで……」

「そこで、自分が死ぬ前に、その手鏡に宿った姉の魂を成仏《じょうぶつ》させてほしい……というわけか」

森の口出しに、司野は不機嫌顔で、しかし素直に頷《うなず》いた。

「そうだ」

森は、軽く嘆息した。

「なるほど、特殊な事情だな。依頼主の心情を思えば、普通の憑《つ》き物落《ものお》としのように、器物に残った人の魂を追い出し、喰《く》ってしまうわけにはいかない」

「そのとおりだ。しかも、実の弟によって、長年懇《ねんご》ろに弔われてきた魂だ。妖《あやか》しにはなりようがない。……あとは、話を聞いてやり、諭して、道を示してやればそれですむだろう。そこで、小わっぱが必要となるわけだ」

「敏生に憑坐《よりまし》をさせるというのか」

森の顔は、みるみる険しくなった。彼は、司野を正面から見据え、きっぱりと言った。

「それは承服しかねる。敏生はまだ、術者の仕事にすら復帰していないんだぞ。万全の体調で臨んでも大きなダメージを受ける憑坐など、論外だ」

だが司野は、平然と言い返した。

「案じるな。殺しはせん」

「そんな極端な……！」

「限界は、俺が判断できる。俺は、不可能なことをわざわざやらせてみるほど暇ではないんだ。……俺が信じられないか、小わっぱ」

司野は、キッと敏生を見据えた。森も、傍《かたわ》らの敏生を見る。敏生は、ほんの少し考えてから、きっぱりとかぶりを振った。

「いいえ。僕、ご恩は返しますってお約束しました。その……いろんなことがあったから、ちゃんとやれるかどうか自信はないけど、司野さんがやれると思ってくださるんだったら……僕、行きます」

「敏生！」

「約束は守らなきゃ。そうでしょう？」

それでも心配そうな森に、敏生は何かを吹っ切ったような笑顔でそう言った。

「だが……」

「だって、そんな話を聞いた以上、僕で役に立てるんだったら頑張りたいじゃないですか。天本さんは、心配せずに待っててください。寝不足なんだから、体を休めなきゃ駄目ですよ」

「敏生……」

森は、敏生の顔つきから、彼がもう決心してしまったのだと悟った。見た目の可愛《かわい》らしさとは裏腹に、相当に頑固な敏生である。一度こうと決めたら、誰に何と言われても、考えを変えることはない。

「……仕方ないな。君がそう言うなら、行くといい」

「はいっ」

敏生は嬉《うれ》しそうに頷《うなず》く。司野も満足そうに頷き、手鏡を包み直しながらついでのように言った。

「ああそうだ。その式神《しきがみ》も置いていけ。そんな殺気を出しっぱなしの妖魔《ようま》がいては、死人の魂が怯《おび》えるからな。ことがすんだら、俺が送り届けてやる。心配は要らん」

「……だって。じゃあ小一郎、しっかり天本さんを守ってね」

敏生はそう言って、羊人形の頭を撫《な》でた。

──お前に言われるまでもない。お前こそ、危機を感じたらすぐさま俺を呼ぶのだぞ。

式神《しきがみ》は、敏生の頭に響く寂《さ》びた声でそう言った。

羊人形さえ持っていれば、たとえ離れていても、小一郎はすぐに敏生の居場所に駆けつけることができる。それに、司野がずっと一緒なら、敏生が危機に陥ることもそうないだろう。森も、敢《あ》えて異議を唱えようとはしなかった。

「では……うん？　これは何だ」

話を切り上げようとして、司野はふと、テーブルの片隅に置かれた例の木箱に目を留めた。森はギクリとしたが、平静を装《よそお》って答える。

「ああ……物置で古い箱を見つけたんだが、肝心の鍵《かぎ》がなくてね。中身が見られなくて残念だと思っていたところだ」

「ほう……」

司野はしばらく箱をひねくり回していたが、もの言いたげな顔を森にちらと向けただけで、すぐに箱を元の場所に戻してしまった。森は、内心ホッと胸を撫《な》で下《お》ろす。

「どこかの国の民芸品だな。出来はいいが、骨董的《こっとうてき》価値はまだなさそうだ。……では行くぞ、小わっぱ。借りていくぞ、天本。安心しろ、夕餉《ゆうげ》の時間までには送り届けてやる」

話がまとまった以上、一刻も無駄にしたくないという様子で、司野は立ち上がる。敏生も、残った紅茶を飲み干して腰を上げた。森は、そんな二人を、玄関まで見送った。

「ではな」

司野は靴に足を突っ込むと、さっさと出ていく。敏生も、バスケットシューズを履いて、つま先をトントンと床に打ちつけながら、やはりまだ心配そうな森の顔を見上げた。

「行ってきます、天本さん」

「無理はするなよ」

森はそう言って、敏生の頭にポンと手を置いた。敏生は、笑顔で頷《うなず》く。

「はいっ。天本さんこそ、無理せずに休んでくださいよ」

「ああ。体力も気力も底値だが、旨《うま》い晩飯を作る余力くらいはあるさ。早く帰ってこい」

「はい。楽しみにしてますね。じゃ」

敏生はぺこりと頭を下げ、司野のあとを追って扉の外へ消えていった。

プルルル……！

居間で、電話が鳴り始めた。おそらく、写真があったかどうかを訊《たず》ねる編集者からの電話だろう。

「……やれやれ」

必要以上に無愛想な応対をしてしまいそうな自分を心の中で諫《いさ》めつつ、森は大股《おおまた》に廊下を歩いていった……。

二章　僕らは今日を知る

少し前を行く司野《しの》は、何も語らない。ただ、真《ま》っ直《す》ぐに背筋を伸ばし、足早に歩いていく。

敏生《としき》は、遅れないように半ば小走り状態で歩きながら、司野に話しかけた。

「あの……ありがとうございます」

「何がだ」

司野は振り返らず、歩みも緩めずに短く問いかけてくる。敏生は、軽く息を弾ませながらも、一生懸命に答えた。

「司野さんにはそんなつもりないのかもしれないけど、僕、ちょっと嬉《うれ》しいんです」

「……だから、何がだ。憑坐《よりまし》を務めることがか？」

「ええ。きっともうすぐ、僕ら『組織』の仕事に復帰することになると思います。それが少し不安なんです」

「不安？」

「体調はもうずいぶんいいのに、やっぱり時々、薬の後遺症が出ることがあるんです。急に体が怠《だる》くて動けなくなったり、物凄《ものすご》く怖い夢見て、夜中に悲鳴上げて天本《あまもと》さんを起こしちゃったり、べつに何でもないようなときに、心細くてたまらなくなったり……。べ、べつに錯乱するとか、そういうことはないんですけど」

　敏生は小さな声で打ち明けた。司野が背中を向けたまま聞いていてくれるのが、今はありがたかった。

「調子が悪くなるタイミングが読めないから、こんなままで術者の仕事に戻って大丈夫かな、ちゃんとやれるかなって心配で。でも、天本さんや早川《はやかわ》さんにいつまでも迷惑かけられないから、どうしようって思ってたところだったんです。だから……」

「だから、俺の仕事で、試験を兼ねた肩慣らしができてこれ幸いというわけか」

「えっと……すみません、でも、そうです」

　敏生は素直に認める。司野は、急に足を止め、振り返った。危うく司野の胸に頭突きしそうになりながらも、敏生はどうにか急停止する。

「うわっ。し、司野さん？　すいません、あの……」

　恩人を利用するとは何事だと怒られるのだろうと、敏生はこわごわ視線を上げた。だが美貌《びぼう》の妖魔《ようま》は、冷たく取り澄ましてはいても決して立腹してはいない涼しい面持ちで、ぶっきらぼうに言った。

「お前は、俺の目を節穴だと思っているのか？」

「え？」

「確かにお前の体はまだ復調しきっていないかもしれんが、人間の肉体など、そもそもが脆《もろ》いものだ。そんなことはたいした問題ではない」

　司野が何を言わんとしているのか摑《つか》みかねて、敏生は首を傾《かし》げる。司野は、おもむろに敏生の額を指先でぱちんと弾《はじ》いた。ほんの軽く弾かれただけでも、妖魔《ようま》の力だけにけっこう痛い。

「あいたッ」

　思わず悲鳴を上げた敏生に、司野はきっぱりと断言した。

「どれほど素質があろうとも、純粋な魂を持たぬ者には憑坐《よりまし》はできない。この俺がわざわざ指名してやったということは、お前の魂には一点の曇りもないということだ」

「司野さん……」

　額を押さえて涙目になっていた敏生は、司野の言葉にハッとする。愛想《あいそ》の欠片《かけら》もない声音だったが、決して嘘《うそ》や気休めを言わない妖魔の口から出た言葉だけに、一言一言が、圧倒的な力強さで敏生の心に沁《し》み込《こ》んだ。

「不安や躊躇《ためら》いは、精神統一の妨げにしかならん。つまらぬことを考えず、とっとと来い。案ずるより産むが易《やす》しと、昔から言うだろう」

そう言い捨て、司野はまた凄《すご》いスピードで歩き出す。

「は、はいっ」

(司野さん……励ましてくれてるんだ。嬉《うれ》しいな)

おそらく、面と向かって感謝されることが苦手なのだろう。司野はもう、振り向きもしないでどんどん行ってしまう。敏生は、ありがとうと心の中で呟《つぶや》いて、司野を追って駆け出した……。


司野の経営する骨董屋《こっとうや》「忘暁堂《ぼうぎょうどう》」は、神奈川県《かながわけん》のとある住宅街の中にある。和洋折衷の一軒家で、ともすれば見過ごしてしまうような小さな店である。

司野に連れられて店の中に一歩入るなり、敏生は、半ば感心し、半ば呆《あき》れて呟《つぶや》いた。

「……相変わらず、ギリギリのバランスだなあ……」

以前、森《しん》が異世界に迷い込んでしまったとき、敏生は司野の助力を乞《こ》うために、この店を訪れた。そのときも、狭い店じゅうに積み上げられた夥《おびただ》しい品物の山に、度肝を抜かれたものだ。

そして今日も、中央の狭い通路だけはどうにか確保されているものの、店は幾多の品物に埋め尽くされていた。

絶妙なバランスを保って天井近くまで積み上げられた品物は、和洋中ごちゃ混ぜで、さらに素人目《しろうとめ》にもわかるほど、作られた年代やクオリティがバラバラである。骨董屋《こっとうや》というよりは、古道具屋と言われたほうが、素直に納得できるだろう。

(骨董屋さんって、もっとこう、古い道具をお宝扱いして、綺麗《きれい》にディスプレイするものだと思うんだけどなあ……)

電灯の明かりさえ遮られ、どんよりと薄暗く、かび臭い店の中を見回し、敏生はただもう圧倒されて立ちつくすばかりである。司野はさっさと店の奥まで行くと、細長いカウンターの向こうにある大きな木製の椅子《いす》に、どっかと腰掛けた。

「何をしている。早く来い」

「あ、はい!」

鋭い声で呼ばれ、我に返った敏生は、通路に飛び出した机の脚やら妙なオブジェの一部やらをおっかなびっくりでよけながら、カウンターの前まで行った。司野は、やけに立派な中世《ごつ》ヨーロッパ風の椅子《いす》に長い足を組んで座り、カウンターの上に手鏡の入った風呂敷《ふろしき》包みを置いた。

「何か、俺の店に不満でもあるのか?」

ジロリと睨《にら》まれ、敏生はブルブルと首を振る。

「いえっ! ますますものが増えたなって思って。その……売れないんですか?」

その無礼な問いに、司野は怒るよりむしろ面白そうな顔をして答えた。

「売れるより、持ち込まれる品物のほうが多いんだ。仕方がないだろう。それだけ、世間に付喪神《つくもがみ》が氾濫《はんらん》しているということだ」

「あ、そうか。早川さんから聞きました。司野さんは、古い品物に宿った付喪神を落とすのが得意なんですよね？　そっか……ここにある品物って、付喪神を落としたあとのものなんだ」

「ほとんどはな」

「大変だなあ。こんな古そうな扇風機とか、売れなさそう……」

「そうでもない。今は、昭和《しょうわ》が流行《はや》りらしいからな。若い奴《やつ》が来て、やれちゃぶ台だ黒電話だ蚊帳《かや》だと、古ぼけた道具を新品の何倍もの金を出して買っていく。人間とはつくづく奇妙な生き物だ」

　司野は冗談でもなさそうな口調でそう言いながら、風呂敷包《ふろしきづつ》みを解いていく。

「はあ……そんなもんなんですか」

　いくら待っていても椅子《いす》を勧めてくれそうな雰囲気ではないので、敏生はスツールを引いて、勝手に腰を下ろした。

「あの、ここでやるんですか？」

「特に問題はあるまい。……と、少し待て。帰ってきたようだ」

　手鏡を取り出し、蓋《ふた》をつけたまま、ためつすがめつしていた司野は、ふと何かの気配を感じ取ったように顔を上げた。

「え？　誰がですか？」

すると、南部鉄の風鈴がチリーンと涼しい音を立て、店の入り口の扉が開いた。

「司野、ただいま！」

そんな挨拶《あいさつ》とともに、ひとりの青年が姿を現す。どこかまだ大人になりきっていないような印象を見る者に与える、やや線の細い人物である。

背は敏生より少し高い程度で、全体的に地味な感じがした。センターの赤いラインが効いたジップアップの白いコットンセーターにジーンズという、見るからに学生らしい服装をしている。おそらく年の頃は、敏生と同じくらいだろう。

「……と、あれ、お客さん？　い、いらっしゃいませ。失礼しました」

男性にしては高めの声で詫《わ》びて、青年はちょっと慌てた様子で敏生にぺこりと頭を下げた。そのまま、慣れた様子で通路を歩いてくる。どうやら、この店の関係者らしい。

（従業員の人かな……。でも、司野さんのこと、司野って呼び捨てにしてたよね、今）

敏生は相手の正体を摑《つか》みあぐねつつ、とりあえず立ち上がって礼を返した。司野は、青年に向かって相変わらずの仏頂面《ぶっちょうづら》で言った。

「こいつは客じゃない。……いいところに帰ってきた。紹介しておいてやろう。ここにいるのは、精霊《せいれい》の小わっぱだ。小わっぱ、これは俺の下僕の正路《まさみち》だ」

「司野、その紹介ってちょっと……」

「司野さん、僕にだってちゃんと名前が！」

あまりにもシンプルすぎるその紹介に、青年と敏生は同時に異議を唱え、そして顔を見合わせた。

「精霊《せいれい》って……」

「下僕って……」

またしても同時に出てしまった互いへの疑問に慌てて口を噤《つぐ》み、二人はそれぞれ相手のことをしげしげと見つめた。

正路と呼ばれたその青年は、際《きわ》だった特徴のない、マイルドな風貌《ふうぼう》をしていた。黒い髪は耳の上でさっぱりと整えられており、いかにも少年っぽく下ろした前髪の下の目は、さほど大きくはないが、黒目がちで瞳《ひとみ》が澄んでいる。ウサギか子犬を思わせる、少し寂しげで内気そうな顔立ちだ。

(げ……下僕って……。司野さんの下僕って、どういう意味なんだろう。この人、いったい何者なんだ……？　まさか、妖魔《ようま》？)

正路のほうも、敏生のどこが「精霊」なのだろうかと、それらしい特徴を見つけようとしているらしい。だが、無言で見つめ合う二人が再び口を開く前に、司野が鋭い声を上げた。

「二人揃《そろ》って何をぼんやりしている。正路、これからこいつを憑坐《よりまし》にして、憑《つ》き物落《ものお》としをするぞ。支度をしろ」

青年……正路は、その場に突っ立ったまま、きょとんとして司野と敏生を見くらべた。

「憑き物落とし……はわかるけど、『よりまし』って何？　この人、いったい……」

どうやら、この正路という人物は、それほど霊障《れいしょう》解決の世界に明るいわけではないらしい。だが、その疑問に答えはせず、司野は苛々《いらいら》と指先でカウンターを叩《たた》いた。

「お前に説明している時間が惜しい。とっとと店を閉めろ！」

決して怒鳴ってはいないのだが、司野の声にはうなる鞭《むち》のような強さがある。

「はいっ」

正路は、弾《はじ》かれたようにさっき来た通路を引き返した。「本日閉店」の札を扉の外側にぶら下げ、錠を下ろし、唯一外から店を覗《のぞ》ける場所である出窓に、分厚いロールカーテンを下ろす。それだけで、窓という窓を骨董品《こっとうひん》の山に塞《ふさ》がれた店内は、完全に日光を遮断され、夜のように暗くなった。

「いつまで突っ立っているつもりだ。掛けろ」

「あ……すみません」

司野に促され、敏生は再びスツールに腰を下ろした。カウンターを挟んで、まっすぐに司野と向かい合う。

「支度できたよ」

「よし。俺の後ろに立て。そして黙って見ていろ」

司野は短く命じた。

「わ……わかった」

正路は静かに歩いてきて、司野の椅子《いす》の背もたれに手をかけて立った。闇《やみ》に沈んだ店内で、カウンターの上に置かれた小さなスタンドライトだけが、三人のいる場所だけをほの暗く照らしている。

司野は、手鏡を取り上げた。長年、依頼主に心から大切にされてきたのだろう。艶《つや》やかな漆塗りの表面には、一筋の傷もなかった。

「それが……今回の憑《つ》き物落《ものお》としの対象？」

黙っていろと言われたはずの正路が、そう言って司野の背後から手鏡を覗《のぞ》き込《こ》む。司野は後ろ手で正路の頭をぐいと押し戻し、ボソリと言った。

「そうだ。だが今回は、宿っているのは妖《あやか》しではない。依頼人の死んだ姉だ。……ものから魂を追い出して喰《く》うという手順が踏めないから、今回はこいつを使う。始めるか」

最後の言葉は、敏生に向けられている。スツールに背筋を伸ばして座った敏生は、緊張に強張《こわば》った顔でこくりと頷《うなず》いた。

「……はい」

森のために憑坐《よりまし》を務めたことは何度もあるが、司野がどんなやり方をするのかはまったくわからない。司野を信頼しているし、覚悟もできているとはいえ、やはり心細さを拭《ぬぐ》い去《さ》ることはできなかった。

司野は、椅子《いす》にゆったりと掛け、諭すように言った。

「そう硬くなるな。これからお前に下ろすのは、怨霊《おんりょう》ではない。ただ、消え時を見失ってしまった哀れな女の魂だ。身構える必要はない」

「わ……わかってます」

「目を閉じて、深呼吸しろ」

司野の声は、氷のように冷たく、湖面のように静かだった。敏生は、言われるがままに目を閉じ、大きく息を吸い込み、ゆっくりと吐き出した。それを何度か繰り返していると、次第に心が落ち着いてくる。

(……よし)

敏生はそっと目を開けた。さっきと変わらない様子で司野は冷ややかに、正路は落ち着かない様子で敏生を見守っている。

敏生は、首から提げた守護珠《しゅごじゅ》に、パーカ越しにそっと触れた。冷たいはずの水晶の球体の中で、不滅の青い炎が燃え続けている。その不思議な熱が、敏生の心から雑念を取り払い、強さを与えてくれた。

「お願いします」

小さな声でそう言って、敏生は硝子玉《ガラスだま》のように澄んだ鳶色《とびいろ》の瞳《ひとみ》で司野を見た。司野は頷《うなず》き、手鏡の蓋《ふた》を静かに外した。覆いを取り除かれ、曇りのない円い鏡面が現れる。司野は、その鏡をじっと見つめた。

「……ッ！」

敏生には、まだ、鏡の背面の美しい牡丹《ぼたん》の模様しか見えない。だが、司野の背後に立つ正路は、ヒッと喉《のど》を鳴らした。オレンジ色の弱々しい光に照らされた正路の顔には、明らかな恐怖の色がある。

「司野……これ、もしかして、昨夜《ゆうべ》話してた鏡……？　女の人の顔が映るとかいう……。これが、その人？」

ヒソヒソ声で問いかけた正路を軽く上げた指一本で黙らせ、司野は、鏡をゆっくりと敏生のほうに向けた。

「……あ……っ」

敏生の唇から、微《かす》かな声が漏れる。ささやかな光に照らされたその鏡には、くっきりと若い女の顔が映っていた。

まだ少女の面影を残した青白い顔に、細い首。そしてそのたおやかな首には重すぎないかと心配になるほど、豊かに結い上げた黒髪。いかにも若い娘らしい薄桃色の着物を着たその女性は、じっと目を伏せたまま動かない。

（この人が……お嫁に行く前に亡《な》くなってしまった、依頼人のお姉さん……。綺麗《きれい》な人だな。でも、とっても悲しそう）

「鏡を持て。そしてその女から目を逸《そ》らすな」

司野の低い声が、短く指示を下す。敏生はそれに従い、両手で手鏡を受け取った。自分の顔を映すように、顔の正面に鏡を保持する。だが鏡には、敏生の代わりに、俯《うつむ》く儚《はかな》げな女が映っていた。

「目を閉じろ」

「え？　でも今、目を逸らすなって……」

「その女はもはやこの世の者ではない。魂だけの存在ならば、現世《うつしよ》を見る目より、第三の目を使え」

「……あ……」

初めて司野に会ったとき、敏生は司野に、第三の目の使い方を教わった。その目に映るものは、この世にあらざる妖魔《ようま》や死霊《しりょう》、あるいは、品物に込められた強い人間の念や想《おも》い、記憶……。

両目を閉じて初めて開く第三の目を使って、司野は敏生に、娘の真の姿を見、その魂を受け入れよと命じているのだ。

敏生は、ぎゅっと目をつぶった。そして、眉間《みけん》にある第三の目に意識を集中し、強く念じた。

(開け……!)

やがて、目を閉じているはずなのに、敏生の瞼《まぶた》の裏にはボンヤリ……やがてはっきりと、鏡に映っていた娘の姿が現れた。

真っ暗な中に、その娘はぽつんと座っていた。敏生の耳に、どこか遠くから司野の声が聞こえてくる。

『……見えたか』

敏生は、ごく小さく頷《うなず》く。

『その女は、この世に未練を残すあまり、肉体が滅びたあとも、愛用の品に魂を移してしまった。……だが、鏡から出る力を持たず、ずっと孤独の闇《やみ》の中にいたんだ』

司野の声が、まるで羅針盤のように敏生を導いていく。

(ずっと……ひとりで……。こんな冷たくて暗い世界に……)

『悲しいかな、弟には鏡に映った姉の虚像を見ることはできても、鏡の向こうの世界にいる姉の魂に手を届かせることはできなかった。……お前が、その娘にとっては死後初めての訪問者……そして初めての光なんだ』

(僕の……僕のこと、見えますか……?)

敏生は心の中で、着物の裾《すそ》をわずかに乱して座っている寂しげな娘に呼びかけてみた。項垂《うなだ》れていた娘は、ゆらりと顔を上げる。

（僕はここです。ここにいます……）

敏生は重ねて呼びかける。娘は、電池の切れかけた人形のようにゆっくりと敏生のほうを見た。そして、眩《まぶ》しげに片手を額の辺りにかざす。

鏡に映っていたのと同じ娘の顔は、ゾッとするほど青ざめていた。だが、細く優しい目や小さな唇は、いかにも育ちのよさそうな風情《ふぜい》だ。

娘は何も言わず、ただ怯《おび》えた表情で敏生を見ている。

『娘が閉じこもっているその空間から、娘の魂をお前の体内に導け。あとは俺がやる』

司野の淡々とした声が、敏生の脳内に響く。敏生は頷《うなず》き、心の声で娘に再び話しかけた。

（僕の声、聞こえてますよね。……突然来てしまってごめんなさい。僕は、あなたの弟さんに頼まれて、ここに来ました。あなたを外の世界に……天上へ案内するために）

「…………」

娘はやはり何も言わない。だが、弟という言葉に、ハッとした様子だった。

（もう、あなたの体はありません。あなたが死んじゃって、もう何十年も経《た》ってるんです。だから……まず、僕の体に入ってください。僕は、あなたに何もしません。ただ、天上へ旅立つ準備をするために、あなたに僕の体を使ってほしいんです……)

まるで鏡の世界へ差し伸べるように、敏生の右手がすっと前方へ伸ばされた。司野と正路は、黙ってそれを見守っている。

娘は、おとなしげな顔に不安と躊躇《ちゅうちょ》の色を浮かべた。無理もない。死後何十年も、鏡の中になすすべもなく閉じこもっていたのだ。急に外に出ろ、成仏《じょうぶつ》しろと言われても、困惑するばかりだろう。

だが敏生は、辛抱強く説得を続けた。

(死にたくなかったんですよね。わかります。……でも、この世に留《とど》まったものの、ここから出られなくて、どうすることもできずに今日まで来ちゃったんですよね。……このまがいいっていうなら、僕、出ていきます。でも、近いうちに、あなたのことを知ってる人はいなくなります。それでも……ここにいたいですか?)

娘はやはり無言のままで、しかしふらりと立ち上がった。闇《やみ》の中、真っ白な足袋《たび》が悲しいくらい美しく見える。

(僕は……あなたは、きちんと死んだ人々のための場所へ行くべきだと思います。それが、あなたのためでもあるし、ずっとあなたの魂が宿る手鏡を大事にしてきた弟さんのためでもあると……思います)

娘はじっと敏生を見つめていたが、やがて、一歩一歩、敏生のほうへ歩き出した。何とも頼りない足取りだが、敏生は祈るような気持ちで待ち続ける。

自分の体を明け渡すという行為は、何度やっても恐怖と不安を伴う。だが、それを乗り越え、術者を……司野を信じなくては、憑坐《よりまし》としての役目は果たせない。

娘は何度も立ち止まり、迷いつつも、確実に敏生のほうに近づいてくる。

（さあ……僕の中に。この体で……僕の口で、あなたの声を聞かせて……）

娘の白い手が、鏡の世界から出て、敏生の体に触れようとしたまさにそのとき、敏生は、自分が無意識に差し伸べていた右手首を、司野の氷のような手が柔らかく握り込んだのを感じた。

（……あ……）

司野の冷たい「気」が流れ込んできたと思うと、敏生の意識は、痺《しび》れたように「遠のいて」いく。言葉で形容することは難しいが、自分の魂が、心の海の暗い水底《みなそこ》へとどんどん沈んでいくような感覚である。娘の魂が自分の体内にするりと入ってくるのを感じながら、敏生の意識は闇《やみ》に落ちていった……。

「……たし……は……」

不意に、それまで沈黙を保っていた敏生が、目を閉じたまま消え入りそうな声で喋《しやべ》り出《だ》した。

「うあ……！」

さっきから驚きっぱなしの正路は、声を上げかけ、慌てて手のひらで口を塞《ふさ》ぐ。

「こいつの体に、娘の魂が入ったんだ。……お前の名は？」

ごく簡略に正路に説明してから、司野は敏生に……いや、今は敏生の体に宿った娘の魂に呼びかけた。

「あき……こ……」

敏生の顔と声で、娘は名乗る。司野は満足げに頷《うなず》き、問いを重ねた。

「お前は何故《なぜ》、手鏡の中に留《とど》まった？　死人のゆくべき道は、示されていたはずだぞ。何故そこを歩まず、現世《うつしよ》に留まった」

娘は少し考え、そして切れ切れに語る。敏生の華奢《きゃしゃ》な体は、まるで時計の振り子のように、ゆっくりした速度で左右に揺れ始めた。

「何もかも……これからだった……。まだ……死にたくなんてなかった……。ここに残れば、何とかなる……そう思った……の。でも……鏡の中から……出られなかった……どこにも行けなく……なってた……。暗くて……寂しくて……」

「なるほどな」

司野は、敏生の……娘の顔を覗《のぞ》き込《こ》むようにして言った。

「お前の末の弟のことを覚えているか。睦雄《むつお》というそうだが」

「むつお……むっちゃん……？」

「そうだ。その睦雄が、お前の魂が宿った手鏡を、今日までずっと持っていた。見てみろ。どれほど手鏡が大切にされていたか、お前にはわかるはずだ」

娘は、ゆっくりと目を開けた。そして懐《なつ》かしげに目を細め、左手にしっかり握られた手鏡をつくづくと見つめた。

「きれい……。わたしが生きていた頃と……変わらない……」

「明治《めいじ》の末に生まれたお前の弟も、今はもう九十歳を越した年寄りだ。明らかに先は長くない。弟は、自分が死ぬ前に、この鏡に宿るお前を成仏《じょうぶつ》させてやりたいと思っている」

「じょう……ぶつ……？」

司野は、娘から手鏡をそっと取り上げ、カウンターに置いた。喋《しゃべ》りながら、さりげなく娘の退路を断つように、蓋《ふた》を被《かぶ》せてしまう。

「そうだ。ほどなく、お前の弟も同じ道を辿《たど》り、天上世界へと向かう。一足先に行って、お前を長年供養《くよう》してくれた弟を迎えてやれ」

娘は、縋《すが》るような目で、司野を見た。

「むっちゃんも……すぐに来るの……？　わたしはもう……ひとりでなくなるの……？」

司野は、力強く頷《うなず》いた。

「そうだ。天上への道は、再びお前の前に示されるだろう。……お前が望むならな」

「……ほん……とう……に？」

まだ少し不安げな娘に、司野はもう一度頷《うなず》いた。そして、カウンターの端に置いてあった細長い錦袋《にしきぶくろ》を手にする。そこから取り出したのは、一本の龍笛《りゅうてき》だった。吹口のすぐ近くに描《か》かれた赤い星が、一瞬きらりと光って見える。先日、高山《たかやま》で千年ぶりに司野が手にしたその龍笛は、彼の亡《な》き主《あるじ》、辰巳《たつみ》辰冬《ときふゆ》の愛用品だったものだ。

「俺が手を貸してやってもいい。……お前が心から天上世界へ行きたいと思うなら、かつて強大な力を持っていた陰陽師《おんみようじ》遺愛の笛が、一度は閉ざされた光の道を開いてくれることだろう」

「ひかりの……みち……。でも、こわい……」

「恐れることはない。人間なら、死ねば誰でもゆく道だ。そしてお前を守り続けてきた弟は、お前が成仏《じようぶつ》してくれないと死んでも死にきれないと、俺に手を合わせた。お前に人の情けがまだあるなら、弟の心に応《こた》えてやるべきだろう」

「むっちゃんが……」

腕のいい雅楽器職人の手によって修復された龍笛の、艶《つや》やかな朱色で塗られた吹口を指先で撫《な》で、司野は娘に決心を促した。

「どうする？　決めるのはお前だ」

しばらく、両手で自分の体を抱き、恐ろしげに唇を震わせていた娘は、やがて顔を上げ、こくりと頷《うなず》いた。

「誰もいない世界に……ひとりは……もういや。……光の道を……見せて……」

「いいだろう。目を閉じて、笛の音に集中しろ。今は人間の体に収まったお前の魂が、再び舞い上がるような感覚がしたとき……そのときこそ、お前は正しい光の道の上にいるだろう」

「……はい……」

ゆらり、ゆらりと体を揺らしながら、まるで司野を拝むように合掌し、娘は固く目をつぶる。

司野は龍笛《りゅうてき》を構え、大きく息を吸い込んだ。

次の瞬間……。狭い店内に、鋭い龍笛の音が響き渡った。さすがに驚いたのか、娘はびくりと体を震わせたが、合わせた手のひらを離しはしなかった。一心に、笛の音に耳を傾けている。正路の視線は、司野と敏生の間を忙《せわ》しく行き来した。

司野の龍笛は、高く低く、ゆったりした旋律を奏《かな》でる。それは、妖《あやか》しと戦うときの激しい曲調ではなく、もっと静かな、緩やかなメロディーだった。かび臭い店の空気が、笛の音によって清められ、澄み渡っていく。

「……ああ……」

敏生の色を失った唇が、微《かす》かに動いた。体が揺れるのに従い、小さな頭が力無く、がくり、がくりと左右に倒れる。

「ああ……見える……」

やがて、敏生の口から、娘の喜びの声が漏れた。司野は、それをじっと見据えながら、休まず笛を吹き続ける。敏生の体の揺れが、急に激しくなった。スツールが、ガタガタと悲鳴を上げ始める。正路はハラハラしつつも、司野の邪魔をするわけにはいかず、その場から動けない。

「からだが……からだが……かるい……はねのように……！」

掠《かす》れた、しかし確かに喜びに満ちた声で娘がそう言った次の瞬間……。

「あッ」

正路が小さな悲鳴を上げるのと同時に、敏生の体は急に力を失い、ぐらりと大きく揺らいだ。

ガターンッ！

「うわあ！」

スツールが大きな音を立てて床を転がる。敏生のほっそりした体は、冷たい木の床に倒れ伏した。正路はカウンターを回り込んで敏生に駆け寄り、大慌てで抱き起こした。

「だ、大丈夫？　しっかり！」

グッタリと意識のない敏生に、正路の顔から血の気が引く。

だが司野は、ゆっくりと笛から口を離し、落ち着き払った口調で言った。

「心配ない。娘の魂が、無事に抜けたんだ」

「抜けた？　じゃあ、さっきまでこの人の中にいた女の人、無事に成仏《じょうぶつ》できたの？」

「見ろ」

司野は、手鏡の蓋《ふた》を外し、鏡面を正路に向けた。敏生を抱えたまま首を伸ばして鏡を覗《のぞ》き込《こ》んだ正路は、目を見張った。

「ホントだ。僕の顔しか映ってない。……じゃあ、司野の笛で、ちゃんと天国へ行けたんだね？　よかった……。でも、この人は？　目を覚まさないよ？」

「一度沈めたそいつの魂が浮上するのには、少々時間がかかる。それだけのことだ」

素っ気なく言って、司野は手鏡を丁寧に風呂敷《ふろしき》に包みながら、正路に居丈高に命令した。

「そいつを介抱してやれ。俺は、出かけてくる」

＊　　　＊

「う……ん……」

お馴染《なじ》みの吐き気とともに目を覚まし、敏生は小さく呻《うめ》いた。

意識が戻った瞬間から、胃袋が裏返って口から出てきそうな酷《ひど》いむかつきが襲ってくる。憑坐《よりまし》を務めたあとにいつも味わう後遺症だが、今回は久しぶりなので、余計に酷く感じられた。

（……きつ……ホントに吐きそうかも）

目を開けて目眩《めまい》でもしようものなら、もっと恐ろしいことになるに違いない。そう思って目をつぶったままでいた敏生は、額に当てられた冷たいものに驚き、反射的に瞼《まぶた》を上げてしまった。

「あ、気がついた？」

幸い、視界は揺れておらず、自分の真上に屈《かが》み込《こ》んでいる青年の……正路の顔が見えた。

「……あ……」

敏生は、そろそろと周囲を見回し、自分の置かれた状況を確かめようとした。

（ここ……店の中かな……）

確か、意識を失ったのは店内だったはずだ。だが今彼がいるのは、小さな和室だった。座布団《ざぶとん》を並べた上に寝かされ、布団が掛けられていた。やけに大きな布団だと思ったら、どうやらこたつ布団らしい。そして今、敏生の枕元《まくらもと》に座り込んだ正路が、敏生の額に濡《ぬ》れタオルを置いたところだったのだ。

「…………」

敏生は、吐き気を堪《こら》えて正路を見た。正路は、心配そうに敏生の顔を覗《のぞ》き込《こ》み、いささか困惑の体《てい》で言った。

「あの……。司野から介抱してやれって言われたんだけど、どうしてあげたらいいのかな。僕、こんなの初めてで、よくわかんないんだよ」

「う……」

「とりあえず寝てたほうがいいよね？　ここ、店の奥なんだ。ごめんね、散らかってて。二階にはもう少しちゃんとした部屋があるけど、君を背負って階段上ったら、絶対僕ごと転げ落ちちゃうし」

敏生は、ぼんやりと正路の話を聞き流していた。まだ頭が水ぶくれしたような感じで、ろくにものを考えることができない。正路は、困り顔で言葉を継いだ。

「見てたら、顔色悪いし、気分悪そうだし、熱もちょっとだけあるみたいだし。やっぱりおでこ冷やしてみたほうが気持ちいいかなって思って。どう？」

敏生はこっくりと頷《うなず》いた。そして、唇の動きだけで、「水」と言ってみた。喉《のど》がカラカラで、まともに声が出ないのだ。幸い、正路はすぐに敏生の要求に気づき、立っていって小さな冷蔵庫からスポーツドリンクのペットボトルを持ってきてくれた。

「はい、冷たいから少しずつ飲んでね」

敏生の体を軽く抱き起こし、背中を支えて、口元にボトルをあてがってくれる。

少しずつと言われたものの、乾ききった体は、貪《むさぼ》るようにたちまちボトル一本の液体を飲み干してしまった。

「もっと？」

「ん……もういい……大丈夫」

敏生はかぶりを振って答えた。喉《のど》が潤い、火照《ほて》った体が中から冷えて、少し気分がよくなってきた。正路は敏生を再び横たえ、額のタオルを取り替えてくれる。

敏生がようやく喋《しゃべ》ったので、正路も少し安心したらしい。ふわーとのんびりした笑みを浮かべ、敏生の枕元《まくらもと》に膝《ひざ》を抱えて座った。

「よかった。ちょっと顔色よくなってきたね。でもまだ寝てていいよ。司野、まだしばらく帰ってこないし」

「司野さん……どっか行ったの？」

正路はにっこり頷《うなず》いた。

「うん。君が頑張ってくれて、あの女の人、鏡から離れてちゃんと消えていっただろ？だから、早速手鏡を依頼人さんのところに返しに行ったんだ。子供の頃からずっと大事にしてたものだから、少しでも早く手元に戻してほしいだろうって」

「……ああ……そっか……」

「うん。司野って時々、凄《すご》く優しいんだよね。僕、司野のそんなところが好きだから、留守番引き受けたんだ。でも、よく考えたら、君が帰るの遅くなっちゃうね、ごめん」

　正路は、すまなそうに頭を下げる。敏生はかぶりを振って微笑した。

「大丈夫。どうせ、もうしばらく動けないし。……今、何時？」

　正路は、腕時計を見て答える。

「もうすぐ四時半。五時までには、司野、帰ってくると思うよ」

「そっか……」

「それにしても、僕、司野の普通の憑《つ》き物落《ものお》としは何度か見たことあるし、ちょっとだけ手伝ったことがあるけど、今日みたいなのは初めて見たよ。……何ていうか、凄《すご》くホッとした。あんなやり方もあるんだね。ああいう死んだ人に乗り移られる人のことを、憑坐《よりまし》っていうの？」

「……うん」

「へえ……。ビックリしちゃったよ、君がいきなり女の子の言葉遣いで喋《しゃべ》り始《はじ》めるんだもの」

　感心したようにそう言う正路に、敏生は戸惑いつつも問いかけた。

「君は……司野さんの……ええと……下僕って言ってたっけ……」

「あはは、そうなんだけど、それだけじゃわかんないよね」

正路はクスクス笑ってこう言った。

「僕も、さっき司野が変な紹介したせいで、君のことがよくわかんなくなっちゃってるんだ。ねえ、司野が帰ってくる前に、お互い自己紹介しておこうか。君が喋《しゃべ》っても平気だったら、だけど」

「うん、大丈夫」

「そっか。ええと、じゃあまず僕からね。僕は、足達《あだち》正路っていうんだ。二十歳《はたち》になったばっかりだよ」

正路は、のんびりした口調で身の上を話し始めた。

それによると、彼は昨年、この町に大学受験のために来たらしい。しかし、二年連続で受験に失敗し、しかも今年の春、二度目の入学試験に落ちたその夜、自動車に轢《ひ》き逃《に》げされて死にかけた。そこに通りかかったのが司野だったのだ。

「僕、もうバラバラ死体寸前くらいの酷《ひど》い有り様だったんだ。でも司野ってばそんなことちっとも気にせずに、命を助けてほしければ、俺の下僕になれ！　って凄《すご》く偉そうな口調で言ったんだよ。誰だって死にたくなんかないもんね。あれこれ考える余裕なんかなくて、僕、わかりましたって言って、司野に傷を治してもらっちゃったんだ。つまり、こうしてピンピンしてる代わりに、司野の下僕になったたってわけ」

「そ……それって……凄いね……」

「まあね。僕もまだ時々、夢見てるみたいな気がするよ。でも正直言って、司野んち、僕がそれまで住んでたアパートより全然豪華だから、僕、下僕になってからのほうが、ずっといい暮らしをさせてもらってるんだ」

一般人が聞いたら腰を抜かすか頭から馬鹿《ばか》にするようなとんでもない話を、正路は世間話のようにあっさりした口調で話す。その屈託のなさに、敏生は呆気《あっけ》にとられてしまった。

「じゃあ……この春にそんな事故に遭って、司野さんと出会うまで、妖魔《ようま》とか憑《つ》き物落《ものお》としとか、そういう世界とは全然無縁だったんだ？」

敏生の問いに、正路は屈託のない笑顔で頷《うなず》く。

「うん。二浪するとも思わなかったけど、妖魔の下僕になるなんてもっと思いもよらなかったよ。あはは」

（……普通、笑い事じゃないと思うんだけど……。凄《すご》くぼーっとした……っていうか、のんびりした心の広い人だなあ）

「それで？　君は？」

思わずつられてぼうっとしてしまっていた敏生は、話を向けられて慌てて自己紹介を始めた。

「ええと、僕は琴平《ことひら》敏生。先月、二十一になったから、一歳だけ年上だね。それで、僕は

「……」

敏生も、自分の生い立ちと、森との出会いから今日に至るまでのことを、ごくかいつまんで語った。しかし、この「かいつまんで」が、敏生にとっては恐ろしく込み入った作業となった。

妖魔《ようま》の下僕になってもさして動じない正路だけに、そして司野がいきなり自分のことを「精霊《せいれい》の小わっぱ」と紹介しただけに、自分の出自について正直に語ることに躊躇《ためら》いはない。

だが、司野と出会って日が浅いらしい正路に、森のプライベートなことや「組織」にまつわることをペラペラ喋《しゃべ》るわけにはいかない。憑坐《よりまし》を務めたあとの上手《うま》く回らない頭で情報の取捨選択をするのは、容易なことではなかった。

「……ってわけなんだけど……」

どうにか敏生があたりさわりのないプロフィール……つまり、行き倒れていたところを森に助けられ、そのまま作家である森の住み込みアシスタントになり、本来好きだった絵の勉強も続けている……を語り終えると、ふんふんと聞いていた正路は、面白そうに言った。

「君も、その天本さんに助けられて、拾われたんだ。僕と一緒だね。でも、君は下僕じゃないんだっけ。んー、僕、こういうことって珍しいと思ってたけど、拾われたりそのままお持ち帰りされたりってけっこう普通にあるのかなあ」

「あの……いや、全然普通じゃないと思う……よ……」

（ホントに……物凄《ものすご》くのんびりした人だ……）

正路の呑気《のんき》なマイペースっぷりに敏生が感心していると、正路は小首を傾《かし》げて言った。

「でもさ。どうやって司野と知り合ったの？　僕がここに来るより前から、司野とは知り合い？」

何とも微妙な質問に、敏生は躊躇《ためら》いながら答えた。

「う……え、ええと……僕が司野さんと知り合ったのは、今年の初めくらい……だよ。えっと……その、僕がとってもお世話になった人が、偶然司野さんの古い知り合いだったんだ。それで……」

「ああ！」

敏生は元佑《もとすけ》のことを遠回しに言ってみたのだが、正路は納得顔でポンと手を打った。まさか、そのあたりの事情をもう聞き知っているのかと敏生は驚いたが、正路はちょっと嬉《うれ》しそうにこう言った。

「それってあの早川さんって人じゃない？」

「ええっ？　早川さんのこと、知ってるの⁉」

（も、もしかしてもう、「組織」のことも聞いてるのかな）

敏生は座布団《ざぶとん》を二つ折りにした枕《まくら》に頭を預けたまま、正路の顔を見上げる。

「この間、早川さんがお店に来たときに、司野に紹介してもらったんだ。本業は車屋さんをしてて、副業で憑《つ》き物落《ものお》としの仲介業してるんだってね。普通のおじさんみたいなのに、世の中、いろんな職業の人がいるよねえ」

「そ……そうだね……」

(……ああ……その程度の理解なんだ。司野さん、やっぱりこの人には「組織」の話はしてないんだな……)

迂闊《うかつ》なことを言わなくてよかったと胸を撫《な》で下《お》ろし、敏生は正路の少年のように邪気のない笑顔を見上げた。

(凄《すご》く地味だけど……何ていうか、何もかもをすうっと受け入れちゃう人みたいだな……。それにしても)

どことなく好感の持てるこの素朴な青年は、そういえばさっきから何度も自分は「司野の下僕」だと言っていた。だが、いったい妖魔《ようま》の下僕というのは、どのような責務を負っているものか、敏生には想像もつかない。

「あの……そういえば足達君……」

好奇心を抑えきれず、敏生は正路に下僕生活について問《と》い質《ただ》してみようとした。だがそのとき、絶妙のタイミングで、店の入り口の風鈴が澄んだ音を響かせた。

「あっ、司野帰ってきた！　お帰り、琴平君、起きてるよー」

　正路は身軽に立ち上がり、部屋を出ていく。

　正路と喋《しゃべ》っている間にようやく体調が落ち着いてきた敏生は、片手で体を支え、起き上がってみた。少し頭がぐらつくものの、吐き気はかなり治まっている。

「どうだ」

　正路を伴って和室に入ってきた司野は、突っ立ったまま敏生の顔を見下ろして口を開いた。

「もう……だいぶ平気になってきました。あの、手鏡は……？」

「依頼人に返してきた。姉の魂は天に昇った、もう鏡に映ることはないと請け合ってやったら、これで安心してこの世を去れると大いに喜んでいたぞ」

「よかった……」

　敏生はホッと胸を撫《な》で下《お》ろす。依頼人が喜んでくれたと聞いただけで、体のつらさがすっと和らぐ気がした。

　司野は、そんな敏生の様子を見て、こう言った。

「立てるなら、送っていく。遅くなると、お前の保護者がまたうるさいからな」

「あ……はい」

「大丈夫？　僕に摑《つか》まっていいよ」

正路の手を借りて、敏生はどうにか立ち上がった。まだ、きちんと体に力が入らないが、気力を振り絞って畳を踏みしめる。

「やっぱりまだしんどそう。……でも、帰らないとおうちの人が心配するんだよね？　ねえ、司野、僕もついていこうか？」

正路はそう言ったが、司野はそれをあっさり却下した。

「無用だ。こいつを送り届けたら、すぐに家に帰る。お前は、店を閉めて自宅で勉学に励んでおけ」

「司野は、二言目には勉強勉強って言うなあ。お母さんよりうるさいよ。……まあいいや、じゃあ、気をつけて帰ってね、琴平君」

正路は苦笑いでそう言い、店の玄関まで司野と敏生を見送った。


駅への道のり、司野は自分からは何も喋《しゃべ》らなかった。ただ、彼が行きよりずっとゆっくり歩いていることに、敏生は気づいていた。

(僕の体のこと、少しは気遣ってくれてるんだな……)

夕方の涼しい風に当たっていると、徐々に気分がよくなってくる。

(よかった。天本さんには元気な顔を見せられそう。ちょっとお腹《なか》も空《す》いてきたかも)

敏生は、自分がもう大丈夫だと司野に知らせるために、少し前を行く司野に追いつくべく軽い足取りで駆け出した……。

　駅に着くと、タイミングよく電車がホームに滑り込んできた。ただし、ちょうど学生の帰宅時間に重なってしまったらしく、電車はかなり混《こ》んでいる。二人は数十分、ずっと立っていなくてはならなかった。それでも、どうにか壁にもたれることができて、敏生はホッと息を吐く。向かいに立った司野は、無言で窓の外を眺めていた。

「あのう。訊《き》いてもいいですか？」

「何だ」

　敏生は、さっき正路に訊《たず》ね損《そこ》ねたことを、思いきって司野に訊いてみた。

「足達君は、司野さんの『下僕』だって言ってましたけど……」

「それがどうした？　妖魔《ようま》が人間を従えてはおかしいか」

「い、いえっ。そうじゃなくて。命を助けてもらう代わりに下僕になったってことは凄《すご》く納得したんですけど……。でもあの、下僕って具体的に何をするんですか？」

　司野は、面白そうにちらと敏生を見た。

「何故《なぜ》、そのようなことが気になる」

「だって……足達君、ついこの間まで普通の人だったんでしょう？　それなのに、急に妖魔だの憑《つ》き物落《ものお》としだの憑坐《よりまし》だの……まるで異世界の話ばっかりで大変だろうなって思って」

「ほう。お前には、あれが『普通の人間』に見えるのか」

司野の嘲《あざけ》るような口ぶりに、敏生は怪訝《けげん》そうに優しい眉《まゆ》を顰《ひそ》めた。

「……違うんですか？　だけど、僕みたいに半分精霊《せいれい》じゃないし、憑坐《よりまし》になるわけでもないし、凄《すご》く普通に見えましたけど？」

「お前もまだまだだな。……まあ、無理もない。まだ正路は、己の力の使いようを知らん。それゆえに、あいつの『気』もまだ弱々しい。だが、あいつの秘めた真実の力を、いつの日か見ることがあるだろう。あいつの『気』は、木漏れ日の金……亡《な》き主《あるじ》と同じ色だ」

司野は、どこか遠い虚空《こくう》を見てボソリと言う。

「司野さんの……亡くなったご主人と同じ色……。ってことは足達君、いつかは術者になるんですか？」

「先のことはわからん」

「でも……じゃあ、下僕っていったい何を？」

司野はこともなげに答えた。

「下僕の仕事は、俺の餌《えさ》になることだ」

「え……餌!?」

思わず大声を出してしまい、周囲の人々にジロリと見られて、敏生は慌てて口を押さえる。あらためて小声で、敏生は問い返した。

「あの……餌《えさ》って……ま、まさか、足達君を太らせて食べちゃうんですか？　『ヘンゼルとグレーテル』の魔女のお婆《ばあ》さんみたいに」

司野はげんなりしたように溜《た》め息《いき》をつく。

「馬鹿《ばか》かお前は。俺は、人に飼われていた妖魔《ようま》だぞ。人間を殺《あや》めることはできん。……だが、同意のもとに、人間の血を啜《すす》ったり、『気』を吸い取ったりすることはできる」

「血を啜る……って足達君の？」

「ああ。あいつの血は、これまでの食生活の賜《たまもの》か、なかなかに旨《うま》いからな」

「うわあ……」

その光景を想像して、敏生は顔を顰《しか》める。司野は楽しげに言葉を継いだ。

「血も悪くないが、つい先日、違う方法で『気』を吸い取ってみた。どうもそちらのほうが具合がいいようだ。思いつきで下僕にしたが、なかなかにあれは使える」

敏生は、こわごわ訊《たず》ねてみた。

「そのう……違う方法って……どんな？　血を吸われるだけで、僕、十分大変そうだと思うんですけど」

「べつに教えてやってもいいが……」

何故《なぜ》か、周囲に立ち並ぶ乗客を憚《はばか》るように、司野は軽く身を屈《かが》め、敏生の耳元に口を寄せた。そして、低い声で何事かボソボソと囁《ささや》いた。

最初きょとんとしていた敏生の頰《ほお》は、みるみる火を噴くほど赤くなる。司野が話を終えて背筋を真《ま》っ直《す》ぐ伸ばしても、敏生はしばらく酸欠の金魚のように、口をパクパクさせるばかりだった。

「何だ。公共の場で、異常な反応を示すな。単に、俺の食事作法を教えてやっただけだろうが」

「だっ……だって！　し、し、食事って、そ、そ、そ……そそそ、そんな……こと！」

「血を吸われるよりはマシだと正路も言っている」

「だって……！　うわー……そ、そうだったのか……。足達君、ああ見えてホントは凄《すご》いんだ……」

司野は皮肉っぽく片眉《かたまゆ》を上げ、仏頂面《ぶっちょうづら》で釘《くぎ》を刺した。

「何を感心しているのか知らんが、他言は無用だぞ」

「い、言えませんよそんなことッ。ぜ、絶対誰にも言いません！」

敏生は、まだ赤い顔のままで躍起になって言い返した。

（そ……そんな……あ、足達君を司野さんが、だ、抱くことで「気」を吸い取れるなんて……そんな色っぽい話を、誰にできるってんだよ……）

「ならばいい。お前は正路と年が近いようだからな。これからもあいつと会うことがあるだろうと思ったから一応教えておいた」

司野は、もうすっかり涼しい顔でそう嘯《うそぶ》き、つり革を片手で摑《つか》んだ。そして、車窓から暮れていく街を眺めつつ、いかにもついでという感じでつけ足した。

「正路は、内気な質《たち》らしい。郷里を出てから、友と呼べる存在はまだいないようだ。……お前なら、正路の知己になっても構わん」

「……はあ……」

（それって、足達君の友達になってやれってことなのかな？　司野さん、何だかんだ言って、足達君のこと気にかけてるんだな、きっと）

妖魔《ようま》の主人と人間の下僕。その不思議な関係に思いを馳《は》せつつ、敏生は揺れる電車の中で、司野の冷たく整った顔を見つめていた……。


司野に送られ、敏生が天本家に帰り着いたのは、午後六時過ぎだった。森は、心配そうな顔で敏生を出迎えた。

「お帰り。大丈夫か？」

「大丈夫です。ホントに悪い魂なんかじゃなかったし、お役に立ててよかったです。……それに、司野さんがちゃんと送ってくださったし」

敏生はそう言って、背後に立つ司野に笑いかける。司野は、ムスッとして言った。

「約束どおり、夕飯時に間に合うように送り届けたぞ」

森は、敏生が一応無事そうなのに安心したのか、珍しく素直に礼を言った。

「わざわざすまなかったな。俺が迎えに行ってもよかったんだが」

「借りたものをきちんと元の場所に返却するのは常識だろうが。では、確かに返したぞ」

そう言ってすぐに踵《きびす》を返すと思われた司野は、何か気になるのか、難しい顔でじっとしている。

「あの、いろいろありがとうございました。上がってお茶でも……あ、駄目か。足達君が待ってるんでしたね」

敏生がそう言うと、司野は意外にも、短く「上がるぞ」と言うなり靴を脱ぎ捨て、スリッパに足を突っ込んだ。

森と敏生が予想外の行動に呆気《あっけ》にとられているうちに、司野は勝手知ったる他人《ひと》の家と言わんばかりに廊下をつかつか歩き、居間へ入ってしまう。

「……何だ？」

「ど、どうしたんだろ。あ、もしかして、天本さんの作った晩ご飯を見学に行ったのかな」

「まさか」

二人は困惑の面持ちながら、急いで司野のあとを追った。

はたして司野は、居間のソファーに腰を落ち着け、例の寄せ木細工風の箱を手にしていた。敏生を連れていく寸前にも眺めていたので、よほど興味があるらしい。

「やけにその箱が気になるようだな」

森が胸騒ぎを押し隠して声をかけると、司野は険しい顔で森を見上げた。

「先刻触れたとき、やけに気に障《さわ》る箱だと思ったが……。ようやくわかった。箱が不快なのではない。あの男の……お前の父親の匂《にお》いがするからだ」

「トマスさんの……⁉」

思いもかけないときにトマスの名を聞き、敏生は身震いした。森は、そんな敏生を落ち着かせようと、肩に手を置く。

「天本さん……その箱、トマスさんのなんですか？　どうして……」

「昼間に、物置で偶然見つけた。かつて、父が大切な書類や手紙を入れておくと言っていた箱だ。中に入っているものを見れば、父にまつわる秘密や謎《なぞ》を解く手がかりになるかと思ったんだよ。……ただ、鍵《かぎ》が開かないうえに、壊すのがあまりにも惜しい箱だから、どうしようかと思いあぐねて、ここに持ってきた。……いくら父の持ち物でも、箱に罪はないからな」

「確かに、とっても綺麗《きれい》な箱。……中に何か入ってるんですか？」

敏生は、司野の傍《かたわ》らに立って、箱を見る。司野は箱を振ってみせた。中で軽いものが動く乾いた音がする。

司野は、しばらくその箱をいろいろな角度から見ていたが、やがてボソリと言った。

「開けたいのか」

司野の問いは極限まで単純化されていて、だからこそ答える者に嘘《うそ》やごまかしを許さない。森は、正直に頷《うなず》いた。

「ああ」

司野は、あっさりと言った。

「俺なら、この箱を傷つけることなく開けることができるぞ」

「本当か？」

「ホントですか？　鍵《かぎ》がかかってるのに？」

森と敏生の異口同音の言葉に、司野は鷹揚《おうよう》に頷《うなず》く。

「俺に新しい借りを作ることを厭《いと》わないなら、開けてやってもいい。……箱の中身を見た結果、お前たちがどんな厄介に巻き込まれようと、俺の知ったことではないしな」

「厄介……か……」

森はその言葉に唇を噛《か》んだ。父親であるトマスと正面から戦うためには、実の息子の森にも多くは語らなかった彼の素性を知る必要がある。そのためには、どんな些細《ささい》な情報でもほしい……というのが、正直な森の想《おも》いである。だがその一方で、大切なパートナーである敏生を危険に晒《さら》すことには大きな躊躇《ためら》いがあった。

だが、そんな森の背中を押すのも、やはり敏生だった。

「……天本さん」

自分のシャツの袖《そで》をギュッと握って呼びかける敏生の顔には、迷いの欠片《かけら》もない。

「一歩ずつでも、前に進まなきゃ」

そう言って微笑《ほほえ》む敏生に、森はようやく心を決め、司野に言った。

「あんたが貸しを作ってもいいと言うなら、頼む。開けてくれ」

「いい返事だ。しばらく待て」

司野は薄い唇の端を吊《つ》り上《あ》げてニヤリと笑うと、鍵穴《かぎあな》が目の高さに来るように、両手で箱を掲げた。森と敏生は、司野の向かいのソファーにそっと腰を下ろす。

「…………」

司野は、目を閉じ、箱……鍵穴に意識を集中しているようだった。やがて、明るい室内でもくっきりと、司野の全身から立ち上る銀色の「気」が見えた。

(司野さん……凄《すご》い集中だ。妖力《ようりょく》を、鍵の代わりにしようとしてるのか……)

敏生は、固唾《かたず》を呑《の》んでそんな司野を見守る。

やがて、カチッと小さな金属音がした。それと同時に、司野が目を開く。司野の体を包んでいた「気」も、すうっと消え去った。

司野は、テーブルの上に箱を置いた。そして、森のほうに押しやる。

森は無言で箱を受け取り、箱に手をかけた。

「……あ、鍵《かぎ》、開いてる！」

敏生が声を上げる。

六つの目に見守られつつ、長らく動くことのなかった蝶番《ちょうつがい》が鈍く軋《きし》み、箱の蓋《ふた》はゆっくりと開いた。

赤い天鵞絨《ビロード》張《ば》りの箱の中にあったものは……ただ一つ、古ぼけた薄水色の封筒だった……。

三章　曲がらない意志を

敏生《としき》は、身を乗り出した。司野《しの》も、ゆったり背もたれに体を預け、面白そうに森《しん》の行動を見ている。

「手紙……？」

「そのようだ」

少し緊張した声でそう言い、森は箱から封筒を取り上げた。

「宛名《あてな》は、トマス・アマモト……父だな。差出人は……」

「和田陽平《わだようへい》って書いてありますね。天本《あまもと》さん、知ってる人ですか？」

森は眉間《みけん》に手を当ててしばらく考えていたが、力無くかぶりを振った。

「いや。聞いたことのない名だ。住所は……鳥取県米子市《とっとりけんよなごし》とだけ書かれているな。封が切られている。中身を出してみるか」

これは必要なことなのだと確信していても、実の父親とはいえ他人宛の手紙を勝手に見るのは良心の咎《とが》める行為である。それでも森は、封筒の中に指を突っ込み、中に入っているものをすべて、慎重に引き出した。

出てきたのは、一枚の便せん、一枚の写真、そして一枚の絵だった。

「ほう。俺に借りを作った甲斐《かい》があったな。なかなかに面白そうなものが出てきたじゃないか」

俄然《がぜん》興味を引かれたらしい司野は、いきなり立ち上がり……そして、敏生を森のほうに押しやって、空いたスペースに無理やり腰を下ろした。大きいとはいえ一つのソファーに男三人が並んで座るという奇妙な状態で、森はまず、綺麗《きれい》に折りたたまれた便せんを広げてみた。

縦の罫線《けいせん》が入った何の変哲もないその便せんには、中央に黒々とした墨跡でただ一文、「小夜子《さよこ》の部屋に飾ってやってください」と書かれていた。

司野は、軽く眉根《まゆね》を寄せる。

「小夜子？　誰だ」

「俺の母親の名だ」

司野は、ほんのわずか片眉を上げ、穴が空くほど子細に森の顔を見た。

「確かに、お前が人間である以上、二親があるのだろうが……あの化け物じみた父親に嫁ぐとは、お前の母親は豪気な女に違いない。会ってみたいものだ」

「し、司野さん」

　敏生は、森が怒り出すのではないかとハラハラしたが、当の森はあっさりと答えた。

「前に少しだけ母の話をしたことがあっただろう。母はもうずいぶん前に死んだ。俺が物心ついたときには既に正気ではなかったから、豪気だったかどうかは知りようもない」

「ふん。そういえばそうだったか。残念だ」

「あ、あのっ。飾ってあげてくださいって、この写真のことでしょうか」

　敏生は、写真を手に取った。森と司野が、両側からそれを覗《のぞ》き込《こ》む。ずいぶん古びたモノクロの写真には、赤ん坊を抱いた若い女性が写っていた。どこか恥ずかしげに微笑《ほほえ》むその女性は、二十歳《はたち》そこそこに見える。彼女の着ているワンピースは、いかにも七〇年代っぽいデザインで、二人のバックには、白っぽい建物が写っていた。どこかの家の庭で撮影されたものらしい。

「……俺の母親だ。そしてこれは、俺の生まれ育った家だ」

　森は呻《うめ》くように言った。敏生も、じっと写真に見入った。まっすぐ胸まで垂らした長い黒髪。その髪に縁取られた白い顔。森そっくりの、女性にしては鋭すぎるかもしれない切れ長の目に、敏生は見覚えがあった。

（そうだ……。あの一弦琴《いちげんきん》から、昔の天本さんの記憶を読んだとき、僕、この人の顔を見たんだ）

　以前、敏生は森の母親の遺品である一弦琴から、そこに残されているはずの彼女の記憶を読み取ろうとしたことがあった。だが、サイコメトリー能力の未熟さゆえ、敏生が読み取れたのは、自分にとって近しい人……その琴にかつて触れたことのある幼い日の森の記憶だけだった。

(あのとき、ちっちゃな天本さんが一生懸命見てた、琴を弾く人……。あれがこの写真の人……天本さんのお母さんだ。でも、この写真のお母さんは、ずいぶん生き生きしてるな……。それに、この赤ちゃんって)

司野は、女性……小夜子に抱かれた赤ん坊を指さし、森を見た。

「ならば、これはお前か?」

その問いに、森は困惑の面持ちになった。

「わからないな。自分が赤ん坊の頃の写真など、一度も見たことがない。それに、母がいったいいつから心を病み始めたのか……それすら、正確にはわからないんだ」

敏生は、写真を顔にうんと近づけ、赤ん坊の顔をよく見ようとした。

「うーん……写真自体がちっちゃいし、赤ちゃんもイマイチこっち見てないし、よくわかんないなあ……」

「ちょっと待て、敏生。裏に何か書いてあるようだぞ」

「え? あ、ホントだ」

敏生は写真を裏返してみた。するとそこにはボールペンで、「庭にて。小夜子と従子」

と書かれていた。敏生は、不思議そうに首を捻《ひね》る。

「小夜子さんは、天本さんのお母さんでしょう？　ええと……もうひとりの名前、何て読むんだろう」

「よりこ。……幼くして死んだ俺の姉だそうだ」

「よりこ……さん？　天本さんに、お姉さんがいたんですか？」

敏生は驚いて森を見る。森は、少し後ろめたそうに頷《うなず》いた。

「ああ。俺が二歳のとき、四歳で死んだ……そうだ。長い間、そんな人がいたことすら知らなかった。父は何も教えてくれなかったからな。何かの機会に戸籍謄本を申請して、そこでようやく知ったんだ」

「そうだったんだ……」

「つい最近、父に問《と》い質《ただ》してそれが真実であることは知ったが、詳しいことは訊《き》けなかった。……すまない。どう伝えたものかわからなくて、君に姉のことを話したことがなかったな」

決まり悪そうな森の言葉に、敏生は笑って首を振った。

「いいんですよ、そんなの。……でも、これが天本さんのお姉さんなんだ。天本さんのお母さん、とっても幸せそうに笑ってますね。普通の親子の写真って感じ」

「……そうだな」

確かに、写真の中の母は、森の知らない顔を見せていた。母親としての誇らしげな表情、そして若い女性特有の、控えめながらどこか華やいだ笑顔……。そこには確かに、人間の豊かな感情があった。

(俺の知っている母は……いつもこの世ならざる場所に思いを馳《は》せているような、うつろな顔をしていた。……母にも、こんなに生き生きした表情を見せていた時期が……)

その笑顔を見ているうちに、森の胸には、かつて母親が死の直前、錯乱状態に陥って森に投げつけた言葉が蘇《よみがえ》っていた。

――お前は、生まれたときから罪の子だった。お前を殺さなかったせいで、あの子は死んだ、殺された……。

(これが……俺が生き延びたせいで、死ぬことになったという俺の姉なのか……)

森が複雑な思いを抱《いだ》いていると、司野は封筒と便せん、それに写真の裏を見くらべ、ごく冷静に言った。

「ふむ。どうやら、封筒と便せんと写真の筆跡はかなり似ているようだな。となると、写真を撮影したのもこの『和田陽平』とかいう奴《やつ》か」

物思いに沈みかけていた森も、その指摘にハッとして顔を上げた。

「その可能性は高いな。あるいは、その和田陽平という人物の身内だと考えるのが妥当だろう。そして、焼き増ししたプリントを、父に送った。つまり和田陽平は、母のことを

『小夜子』と名前で呼ぶような間柄で、父とも面識がある……そういうことになるな」

敏生も興味深そうに唸《うな》った。

「うーん。じゃあ、その和田さんって人は、天本さんのご両親、どちらとも親しかった人ってことですよね。でも天本さんが会ったことないってことは……」

「その後、何らかの理由で疎遠になった……か。原因は、現時点では推測の仕様もないが。ああ、そういえば、もう一枚、絵があったな。これは……」

森は手を伸ばし、四つ折りになった絵を注意深く開いてみた。

それは、厚手の和紙に描《か》かれた水墨画だった。大きさは半紙くらいで、紙いっぱいにフリーハンドで円形の枠が描かれ、その中に、少年が野山を歩いているらしき絵が描かれている。

「印刷じゃないみたいですね、これ。墨色が青みがかってて綺麗《きれい》だなあ。この絵も、和田さんが描いたんでしょうか」

敏生は、いかにも絵描きの卵らしく、まずはそれが直筆であることと、墨の発色がいいことに目を留めた。

「さあな。署名も印もないから、それは皆目わからない」

「……ですよね。この男の子、凄《すご》く粗末な着物着てますね。決して裕福な家の子じゃないんだ。それに、笠《かさ》を被《かぶ》って、むしろを背負ってるってことは、旅をしてるのかな。それも、町中じゃなくて、野山に分け入って……どこ行くんだろ」

敏生は、淡々とした筆遣いで描《か》かれたその絵を見ながら、首を捻《ひね》る。森は、ふと思いついたように口を開いた。

「この絵柄は、もしかすると……」

だが、森が皆まで言い終わる前に、それまで腕組みして黙って絵を見ていた司野が、ボソリと口を挟んだ。

「十牛図《じゆうぎゆうず》だな」

「……そのようだ」

肝心の台詞《せりふ》を奪われ、森は少々忌々《いまいま》しげながらも同意する。敏生は、ひとり不思議そうに、両側に座る森と司野を見くらべた。

「十牛図？　十枚の牛の図ってことですか？　でもこの絵のどこにも、牛なんかいないですよ？　男の子がいるだけで」

司野は、小馬鹿《こばか》にしたように鼻を鳴らして言った。

「お前も、絵を描くというなら十牛図の絵柄くらい知っておけ。いいか、十牛図で、実際に牛が描かれているのは、たったの四枚だ」

敏生は悔しそうに頬《ほお》を膨らませ、司野に言い返す。

「じゃあ、どうして十牛図っていうんです？　っていうか、十牛図ってそもそも何なんですか？」

司野は、出来の悪い生徒に補習をしている教師のようなげんなりした面持ちで、それでも律儀《りちぎ》に説明した。

「十牛図《じゅうぎゅうず》とは、牧牛図《ぼくぎゅうず》の一種だ。臨済宗《りんざいしゅう》派の僧、廓庵《かくあん》禅師が世に出したものが、世間に広く伝わった。牧牛図にはいろいろな種類があるようだが、いずれにしても、人間がいかにして悟りを得るかを、庶民のためにわかりやすく図解したものだ。さすがの俺も、詳しいことは忘れたがな」

膨《ふく》れっ面《つら》だった敏生だが、司野の立て板に水の解説を聞くうち、だんだん尊敬の眼差《まなざ》しになる。

「もう、それだけで十分詳しいですよ……。司野さんってば、凄《すご》いや。何だかまだよくわかんないけど、とにかくこの絵は、その十牛図の中の一枚なんですね？」

「おそらくな」

司野は森の手から絵を受け取り、しばらく紙の手触りや色を確かめていたが、やがて興味を失ったように、それをテーブルに放《ほう》り投《な》げた。

「紙の縁は少々黄ばんでいるが、それほど古いものではない。無銘な上に、高名な絵師の作とはとうてい思えんな。描《か》き慣《な》れてはいるようだが、せいぜい絵心のある素人《しろうと》か坊主が描いた程度のものだ。美術的価値、歴史的価値ともに皆無に近い」

「十牛図」の第一　尋牛
『提唱　禅宗五部録㊦』
山田耕雲著　春秋社

「……だろうな」

森はそう言って、手紙と写真、そしてその絵をひとまず封筒に戻した。妖魔《ようま》の術者が退屈し始めてきたのを察したのだ。はたして司野は、つまらなそうに溜《た》め息《いき》をつき、すっと立ち上がった。

「手紙に、写真に、十牛図《じゅうぎゅうず》か。なかなか愉快な取り合わせだな。まあ、解釈はお前たちで好きにやるがいい。用はすんだ。俺は帰る」

森と敏生も、司野を見送ろうと席を立った。だが司野は、ふと鼻をうごめかせると、ニヤリと笑って森を見た。

「今回の貸しは、今すぐ返してもらうとするか」

「……ああ?」

森は怪訝《けげん》そうに司野を見返す。司野は、台所を指さした。

「つまらんことで帰宅が遅くなった。俺は一日三度飯を食う必要はないが、下僕のほうはそうはいかないのでな」

「下僕?」

「詳しくは小わっぱにでも訊《き》け。とにかく、帰宅してから飯を作っていたのでは遅くなる。今夜はお前の作ったもので我慢してやろう。二人前よこせ」

森は思わず敏生にもの問いたげな視線を向ける。敏生は軽く背伸びして、早口で森に耳打ちした。

「あのね、司野さんちには今、足達《あだち》君っていう人間の男の子がいて、……下僕っていうのはその足達君のことなんです。僕、今日その足達君に凄《すご》くお世話になっちゃって」

まったく要領を得ない説明ではあったが、とにかく敏生が世話になった人物が司野のもとにいるという事実だけは理解できたらしい。森は顰《しか》めっ面《つら》で司野を見た。

「何だかよくわからんが……とにかく、箱の鍵《かぎ》を開けてもらった礼は、俺が今日の夕飯に作った惣菜《そうざい》を一式、二人分……ということだな？」

「ああ」

「うちが二人暮らしだということも承知の上でその要求なんだな？」

「それがどうした」

司野は、木で鼻を括《くく》ったような口調で言い返す。

「……わかった。しばらく待っていろ」

森は渋い顔で台所に向かった。だが、司野はそんな森を呼び止める。

「ああ、ちょっと待て」

「……何だ？」

振り向いた森に、司野は涼しい顔で言い放った。

「今朝、炊飯器をセットしてくるのを忘れた。飯も一緒に詰めておけ」

森は、夜叉《やしゃ》のような顔になったが、何か言いかけて開いた口をギュッと閉じ、足音も荒く台所へ消えていった……。

「…………」

結局、腹を立てつつも生来几帳面《きちょうめん》な森は、たっぷりの飯とおかずを綺麗《きれい》に詰めた重箱を司野に持たせた。去り際《ぎわ》、司野は玄関先でふと森を見て、さりげない調子で言った。

「あの男と……お前の父親と対峙《たいじ》するなら、これだけは心に留めておけ。いったいどんな外法《げほう》を執り行えば、ただの人間があれほど妖《あやか》しめいた存在になるのか、俺は知らん。だが、あれは、お前だけの力でどうこうできるような相手ではないぞ。できるだけ多く他者を巻き込め。あいつが気にかけなくてはならない相手を増やせば、少しは注意が逸《そ》れて動きやすくなるだろう」

虚を衝《つ》かれた森は絶句したが、すぐに口の端《は》だけで薄く笑って頷《うなず》いた。

「肝に銘じよう。だがそれは、あんたも巻き込む頭数に入れていいということか？」

「お前に貸しを作るのは、元本保証の投資のようなものだ。悪くはない。お前の父親も、なかなか面白い存在のようだしな。……ああ、言い忘れるところだった。小わっぱはもう十分使えるぞ。安心しろ」

最後に一言つけ加えて、司野はやはりさようならの挨拶《あいさつ》もなしに、扉の向こうに消えた。

「……やれやれ。すまなかったな。疲れているだろうに、ごたごたにつきあわせてしまって」

そう言って、森は敏生の肩を抱いた。敏生は、ちょっと情けない顔でかぶりを振る。

「いいえ。箱、壊さずに開けることができてよかったです。……でも……」

「でも、何だ？」

廊下を歩きながら、森は心配そうに敏生の顔を覗《のぞ》き込《こ》んだ。敏生は、悲しげにお腹《なか》を押さえる。

「あの……司野さん、僕らの夕飯のおかず、全部持って帰っちゃったんですよね……二人分って……」

「ああ、それなら心配ない」

森は笑って、敏生の頭をクシャリと撫《な》でた。

「どうせ、君が腹を減らして帰ってくるだろうと思って、多めに用意していたんだ。折りに詰めるにはちと寂しかったから、急いでいくつか惣菜《そうざい》を作り足したし、飯も混ぜご飯にして量を増やして、おにぎりにした。意地でも、君を飢えさせたままで寝かせはしないさ」

「ホントですか？　やった、おにぎり大好き！」

敏生は急に元気を取り戻す。

「あ、でも天本さん。あの手紙のことは？」

「飯のあとでいいよ。長らくあの箱に入れっぱなしだったんだ、一刻を争ってどうこうするようなことじゃない」

「そうですよね。どっちかというと僕のお腹《なか》のほうが、今は危険です」

「……気象予報になぞらえれば、飢餓警報といったところか」

そこで二人は、ひとまず夕飯を食べることにした。

どうやら本来のおかずは、鶏《とり》の唐揚げとポテトサラダだったらしい。どちらも、司野が二人分持って帰ったせいで、かなり寂しい分量になってしまっている。その代わり、小松菜と薄揚げの煮物と肉じゃが、もやしと春雨と鶏のささみを使ったさっぱりした和風サラダ、それに綺麗《きれい》な俵形のおにぎりがたっぷりあった。

夕飯を食べながら、敏生は森に、司野の店での出来事を話した。手鏡の中に死んだ娘の魂が潜んでいたこと、その娘は敏生の体に乗り移ったあと、司野の笛に導かれ、無事に成仏《じょうぶつ》したこと。憑坐《よりまし》の後遺症で伏せっていたとき、司野の「下僕」の正路《まさみち》に介抱され、彼とお互いの身の上について話したこと……。

さすがに正路が司野の「餌《えさ》」になる具体的な方法については、吸血以外のことは話さずにおいたが、それ以外のことは、敏生はありのままを森に語って聞かせた。

「ほう。あの気難しい司野が、人間の下僕を手元に置いているとはな。よほど気に入ったとみえる。それに、餌《えさ》だと言いきるわりに、まめに面倒を見ているようじゃないか」

森の口調は、どこか面白がっているようだった。敏生も、クスッと笑って頷《うなず》く。

「司野さん、何だかんだ言っても面倒見いいから。足達君も、司野さんとの生活、嫌じゃないみたいでしたよ。ひとり暮らしのときより、ずっといい生活させてもらってるって」

「ずぶの素人《しろうと》から、いきなり妖魔《ようま》の下僕になって平常心を保っていられるんだ。その足達君とやらは、よほどの兵《つわもの》だろうさ。それに、あの司野が見込んだのなら、間違いはあるまい。いつか、いい術者になるだろう」

森は、食後のほうじ茶を煎《い》れながらそう言った。敏生は、呑気《のんき》そうな正路の風貌《ふうぼう》や語り口を思い出し、曖昧《あいまい》に頷く。

「どうかなあ……術者って雰囲気の人じゃなかったですけど。あ、でもね。年も僕と近いし、親切だし、大らかでいい人みたいでした。これからも司野さんとはきっとおつきあいがあるんだから、足達君とはいい友達になれたらいいなって思って。その、『組織』とか術者とか、そういうのは抜きにしても」

「そうだな。話を聞いている限りでは、君と気が合いそうな気がするよ。……それにしても司野の奴《やつ》、世話を焼く相手ができて、どこか楽しそうだったな。重箱を提げて下僕の待つ家に帰る妖魔か。あいつもそのうち、やけに所帯じみてくるんじゃないか」

森と敏生は、顔を見合わせて同時に吹き出してしまう。

「もう、天本さんってば。そんなことで、司野さんからかっちゃ駄目ですよ。……それにしても、さっきのあの手紙……やっぱり凄《すご》く気になります」

敏生の顔から、ふっと笑みが消える。森も、真顔に戻って小さく嘆息した。

「俺もだよ。もう一度、落ち着いて見てみるか」

「はいっ」

二人は、食器をそのままにして、居間のソファーに移動した。森は、封筒からもう一度中身を出し、ローテーブルに並べる。森が最初に手に取ったのは、やはり写真だった。

「司野の手前、あまり感情を出すまいと思っていたが……何とも複雑だな」

「複雑？」

敏生は、森にぴたりと寄り添い、一緒に写真を見つめる。

カメラのレンズに向かって微笑《ほほえ》む森の母親、小夜子は美しかった。若く、喜びに満ちて生き生きした表情をしている。そして、その華奢《きゃしゃ》な腕には、まるまると太った元気そうな赤ん坊が抱かれている。

あまりにも……あまりにも、ありふれた母子の写真。しかしこの写真に写っている女性は、その後精神を病み、孤独のうちにみずから命を絶つことになるのだ。

敏生は、胸がチリチリするような思いで、小夜子の笑顔を見つめた。

「やっぱり天本さん、お母さんにも似てますね。目元がそっくりだ」

「昔から、父にそう言われていたよ。目と髪だけは母親似だと」

森は懐《なつ》かしげに頷《うなず》き、指先で母親の顔の輪郭をなぞった。

「不思議だな。こんな写真一枚で、母が正気だった頃があったことも、姉が実在したことも……これまで知識でしか知らなかったことが、急に現実味を増した気がする」

森は、やけに平板な調子でそう言った。たった一枚の写真から受けた衝撃が大きすぎて、そこから生じる感情が複雑すぎて、声も顔も無表情になってしまっているらしい。敏生は、逡巡《しゅんじゅん》しながらも思いきって問いかけた。

「ねえ、天本さん。嫌じゃなかったら教えてください。天本さんのお姉さんって、どうして亡《な》くなったんですか?」

「事故だそうだ。そのとき姉は四歳、俺は二歳だった」

森は、写真から視線を逸《そ》らさず、ボソリと言った。

「事故?」

「『組織』に呼び出されて箱根《はこね》に行ったとき、ホテルで偶然……かどうかは甚だ疑わしいが、とにかく父に会ってね。そのとき、姉の死について訊《たず》ねてみた。父は言ったよ。両親の目の前で、姉は階段から落ち、首の骨を折って死んだ。不幸な事故だったと」

「ご両親の目の前で……。お母さん、それは悲しかったでしょうね」

敏生は、優しい眉《まゆ》を曇らせる。森も、つらそうに目を伏せた。

「父も、それが母が心を閉ざす一因になったと言っていた。……ただし、あの人の言うことだ。どこまでが真実かは知るよしもない」

「それってどういうことです？　まさか……事故じゃない？　でも、それじゃどうしてお姉さんは亡《な》くなったんです？」

敏生の幼い顔が強張《こわば》る。森は力無くかぶりを振った。

「邪推すればきりがない。今は考えないほうがいいだろう。ただ、この写真を見たことで、姉が実在したこと、そして今はいないこと……その事実だけは確かに実感できたよ。母が、姉のことを心から愛していたこともね」

敏生は黙って頷《うなず》いた。どんな慰めの言葉も、口に出した途端に誠実さを失う気がしたのだ。森も、大丈夫だと言う代わりに口元に微《かす》かな笑みを過《よぎ》らせ、写真をテーブルに戻した。

敏生は、封筒を手に取ってみた。表書きをつくづく見て、凄《すご》い、と呟《つぶや》く。

「消印、あんまりちゃんと押してないから読めないけど、日付の最初の文字、『7』ですよ。一九七〇年代ってことですよね」

「どれ……本当だな。だとすると、あのときの手紙なのか……？」

「あのときって？」

森は、遠い目をして言った。

「まだ小学生の頃に、父に書斎に呼ばれたことがあってね。そのとき、父は何かをこの箱に入れ、大切な書類や手紙はこうして鍵付《かぎつ》きの箱に入れておくんだと言った。消印から見れば、そのときに父が箱に入れた手紙がこれだった可能性が……なくもない」

敏生は箱の蓋《ふた》を開け、首を捻《ひね》った。

「でも、こんなに立派な箱に、一通だけ？　それほど大事な手紙だったってことなのかなあ」

「あるいは、俺がこの手紙をいつか見るように仕向けた……？」

敏生はギョッとして森を見た。

「まさか。だってこの箱、ずーっと物置の荷物に紛れてたんでしょう？」

「……そうだな。少なくとも、この家に引っ越してからはずっと物置にあったはずだ。それは考え過ぎか。いずれにしても、父がこの手紙をわざわざ箱に入れておくほど特別視していたことだけは確かだな」

森は、親指の爪《つめ》を軽く嚙《か》みながら言う。それは、彼がその頭脳を高速回転させているときによくする癖だった。

「それに、写真はわかるけど、この絵……」

敏生は絵を広げ、アヒルのような口をして言った。

「十牛図《じゅうぎゅうず》、でしたよね。さっき、司野さんが悟りの図解とか何とか言ってたけど……何だかよくわかんないなあ。牛と悟りに何の関係があるんだろう」

敏生の情けないぼやきに、物思いにふけっていた森は、ふと顔を上げた。

「そういえばずいぶん前、古書店で十牛図の本を見かけて、買ったことがあるような気がするな。ちょっと待っておいで」

そう言って部屋を出ていった森は、しばらくして一冊の本を持って戻ってきた。ソファーに戻り、薄いその本を膝《ひざ》の上で開く。

「帰って流し読みしたものの、さして面白くもないと思って放《ほう》ってあったんだ。やはり本は、捨てずに置いておくものだな。いつか役に立つ日が来る」

そう言って、森は本の前書きの一部を指し示した。

「司野が言っていたのはこれだ。『十牛図は中国宋時代《ちゅうごくそう》から牧牛図《ぼくぎゅうず》として十数種出ており、その中でももっとも有名で、もっとも優れたものとされる廓庵十牛図は、十二世紀頃、臨済宗楊岐《ようぎ》派の廓庵師遠禅師《しおんぜんじ》の著したものである。廓庵禅師は大随元静《だいずいげんじょう》禅師の法嗣《ほうし》で、臨済禅師より第十二代目の法孫《ほうそん》である。廓庵禅師が十枚の絵を描《か》き頌《じゅ》をつけ、その後その弟子慈遠《じおん》が総序と小序をつけたものといわれるが事実は不明である』……なるほど」

文字を読むと頭で納得しやすいのか、森は満足げに呟《つぶや》く。だがその横で、敏生は早くも頭を抱えた。

「うあああ。もう、何ですかそれ。僕、漢字がいっぱい並ぶと、それだけでもう全然駄目なんですよう」

　森は苦笑いで敏生の頭を軽く小突いた。

「こら。この程度の漢字で音を上げていたら、三国志《さんごくし》は一生読めないぞ」

「そんなの、読めなくていいですよ。あ、でも三国志ってちょっとは知ってます！　阿呆《あほう》の語源になるくらいダメダメな王様が出てくる話ですよね」

「……君の知識は時々、どうしてそうとてつもなく限局されているんだろうな。それは、劉備玄徳《りゅうびげんとく》の息子、劉禅《りゅうぜん》のことだろう。蜀《しょく》の二代皇帝で、恐ろしいほどの凡君だったというが。……それはともかく、十牛図《じゅうぎゅうず》に関しては、いちばん有名な作者が廓庵禅師であることだけ知っていればいい。この本も、廓庵十牛図を解説したものだ」

「うー。かくあんぜんじ……よし、覚えた！　それで、肝心の十牛図の絵はどこですか？　やっぱり十枚あるんですよね」

「ああ。ここに絵の一覧がある。見てごらん」

「わあ……」

　敏生は、森が見せてくれた見開きページに、感嘆の声を上げた。そこには、十枚の絵が、順に並べられていた。それぞれの場面が、フリーハンドの円の中に描《か》かれている。司野の言葉のとおり、十枚の絵の中で、牛が描かれているのはたったの四枚だった。

十枚を順に見ていった敏生は、八枚目の絵を指さし、不思議そうな顔をした。

「ね、天本さん。これミスプリントじゃないんですか？」

確かに、八枚目の絵には、円だけが描《か》かれており、その中は真っ白のままである。だが森は、その絵の下に書かれた題を指して言った。

「違うよ。『第八　人牛倶忘《にんぎゅうぐぼう》』と書いてあるだろう。たぶん、人も牛も忘れられたから真っ白なんだ。……それより、この手紙に同封されていた絵と同じものを探そう。これは……」

「ええと……どれかなあ。牛がいない六枚のうちのどれか……あ、でもこの真っ白のはどけて、残りの五枚のどれかですよね」

敏生は、手紙に同封されていた絵を手に持ち、何度も本の中の十牛図《じゅうぎゅうず》と見くらべていたが、やがて自信たっぷりに言った。

「これ！　絶対これですよ。いちばん最初の絵だ！」

敏生がこれだと断言したのは、「第一図　尋牛《じんぎゅう》」の絵だった。確かに、絵のテイストはかなり違うものの、本に描かれているのも、深い山中を歩いているらしい少年の図である。ご丁寧にも、こちらには山奥であることを強調すべく、背景に大きな滝まで描き込まれていた。

森も、注意深く両方の絵を見くらべて頷《うなず》く。

「そうだな。どうやら、手紙に同封されていたのは、第一の図らしい」

「うーん……。でも、何だろう、尋牛《じんぎゅう》って。どういう意味の絵なのかな」

「確か、後ろにそれぞれの絵に添えられた文章があったはずだ。……ああほら、ここだ」

森は、本のページをパラパラとめくり、あるページで手を止めた。そこには、一覧表にあった第一の図を大きく掲載し、そのあとに文章が添えてある。森は敏生に「読むか？」と差し出してみたが、敏生が目にも留まらぬスピードでかぶりを振るので、仕方なく読みながら敏生に説明してやった。

「これも司野の言ったとおりだが、十牛図《じゅうぎゅうず》というのは、人間がいかに修行を志し、真の自分を見つけ、悟りを開くか……その過程を具象的に示したものだ」

「あ、天本さん。お願いですから、もう少しわかりやすく説明してくださいよう。自分を発見とか悟りとか、そんなややこしい話が、牛と男の子に何の関係があるんですか？」

「普通は、そういうことをしっかり勉強して俺に説明してくれるのが助手である君の役目だと思うんだが」

「そんなの無理ですよ。天本さんは、僕の百倍頭がいいのに」

きっぱりそう言って、敏生はにこっと笑ってみせた。意地でも、難解な文章などは読みたくないらしい。

「…………お褒めにあずかり光栄だよ。ちょっと待っていてくれ、ひととおり読んでみるから」

言葉のわりにグッタリした顔つきで、森はおもむろにシャツの胸ポケットから眼鏡《めがね》を取り出してかけ、本を読み始めた。手持《ても》ち無沙汰《ぶさた》になった敏生は、しばらくぼーっとしていたが、ふと思いついたらしく、食堂に置きっぱなしだったお茶を淹《い》れ直《なお》して居間に運んだ。

「はい、天本さん。お茶」

「……ああ」

まるで新聞を読む一家の大黒柱のような雰囲気で、森は湯飲みを受け取り、時折茶を啜《すす》りながら本のページを繰っている。ほんの少し近眼ぎみらしい森は、本を読むときだけごく度の弱い眼鏡を使う。

そんな眼鏡をかけた森の顔が、敏生は実は相当に好きなのだ。

(天本さん、ただでさえかっこいいのに、眼鏡かけてるともっとかっこいいんだよね。賢さ倍増って感じで)

読書の邪魔をしないように、敏生は森の傍《かたわ》らでそうっと膝《ひざ》を抱え、揃《そろ》えた膝頭に頬《ほお》をのせた。そして、端正な森の横顔をじっと見つめる。

ここしばらく、森の執筆活動のせいで、二人はほとんどすれ違い生活を続けていた。敏生が森の顔をこんなにしみじみ見るのは、本当に久しぶりのことだったのだ。

十分な休息がとれなかったせいで、森の顔にはまだ疲労の色が残っていた。それでも元来、書物から知識を得ることが好きな森である。レンズの奥の目は、楽しげに文字を追っていく。

やがて森は、本から顔を上げた。そして、隣で自分の顔をうっとり見ている敏生に気づいて、呆《あき》れ顔《がお》で眉尻《まゆじり》を下げた。

「何をしているんだ、君は」

敏生は照れ笑いしながら頭を上げ、足を床に下ろした。

「天本さんと一緒にいるの久しぶりだなーって思って、嬉《うれ》しくなってました」

「……それはそれは」

ほかにどう言い返したものかわからず、森は苦笑いで再び「尋牛《じんぎゅう》」の絵のページを開いた。

「とりあえず、『尋牛』の項を読んでみたよ。上手《うま》く説明できるかどうかは自信がないが。……まず、『悟り』と『童子《どうじ》と牛』の繋《つな》がりからいこうか。絵に描《か》かれている童子と牛の関係は、すなわち現在の自分と、真の自分だ」

「……あ。何かちょっとだけわかったかも」

しばらく頭を休め、消化も進んで頭の回転がよくなったのか、敏生はポンと手を打った。

「さっき、十牛図《じゅうぎゅうず》は、人間が本当の自分を探して悟りを開くまでを絵にしたって言いましたよね。童子《どうじ》が今の自分、牛が本当の自分とすれば……そっか！　童子が牛を探すんだ！　だから、牛を探す……尋ねる……で、『尋牛《じんぎゅう》』？」

森は満足げに頷《うなず》き、小さな子供を褒めるときのように、敏生の頭をクシャリと撫《な》でた。

「そうだ。ようやく夕飯がこなれてきたようだな。十牛図の第一図『尋牛』は、すなわち修行生活のスタート地点なわけだ。いよいよ自己の本質を見極めようとする心が生じたものの、まだどんなふうに本当の自分を見つければいいのか、正しい修行方法がわからない。この本によると、『初発心《しょほっしん》』という段階だそうだ。いろいろな修行を試しては挫折《ざせつ》することを繰り返し、心が迷っている状態だな」

「なるほど……。その状態を絵にすると、牛を探すっていう目的はあるんだけど、どこを探せばいいのかわかんないってことになるんですね。だからこの絵の童子は、山奥をうろうろ彷徨《さまよ》ってるってこと？」

「そんなところだ。……ちなみに、絵の一枚一枚にもれなくややこしい漢詩とその講釈がついてくるが、聞きたいか？」

ぶるぶるぶる！　と再び敏生は壊れた扇風機のように首を振る。森は笑いながら本を閉じ、そしてふと敏生の膝《ひざ》に置かれた絵を見て、顔を引きしめた。

「では、長い講義はやめにしておくか。しかし……何故《なぜ》この手紙に、『尋牛』だけが同封されていたんだろうな。この和田陽平という人物から、父への何らかのメッセージだったのか……それとも……」

「それとも？」

森は敏生の膝《ひざ》から絵を取り上げ、険しい顔で呟《つぶや》いた。

「本当は、この絵は手紙に同封されていなかったのかもしれない」

敏生は目を丸くする。

「同封されてなかったってどういうことですか？」

「つまり、封筒の宛名《あてな》と便せんに書かれたメッセージ、それに写真の裏書きの筆跡は似ている……ということは、おそらくその三点に関しては、和田陽平という人物の手によるものなんだろう。だがこの絵だけは……和田氏からの手紙に入っていたかどうかがまったくわからない」

「じゃあ、どうしてこの中に？」

「……うがちすぎだと我ながら思うが、あるいは父が意図的に入れたか……」

敏生は、情けない顰《しか》めっ面《つら》で森を見た。

「そんな。だって、どうしてそんなことを？」

「それがわかれば苦労はないさ。……とにかく、父の居場所が知れない以上、この手紙について詳しいことを知るには、差出人である和田陽平という人物が何者かを調べるしかないな」

　敏生は、森の顔を覗《のぞ》き込《こ》んだ。

「この人のこと、調べて、居場所を捜して……会うつもりなんですか?」

　探るように問われ、森はしばらく考えてからきっぱり頷《うなず》いた。

「ああ。両親の過去に繫《つな》がることなら、どんな小さな手がかりでも追ってみようと思うんだ。もう三十年近く前の手紙だ。本人がまだその封筒に書かれている場所にいるかどうかも、存命かすらもわからないが、調べてみる価値はあるだろう」

「でも、調べるってどうやって?」

「まずは、一〇四に問い合わせてみるのがいちばん早いだろう。……だが、それで引っかかってこなければ、さっきの司野のアドバイスに従うしかないな」

「っていうと、人をたくさん巻き込めって言ってた奴《やつ》ですか? 誰を巻き込むんです?」

「早川《はやかわ》だよ。あいつはもう、『組織』の仕事に復帰したらしいからな。個人のプライバシーに関することは、俺たちが市役所に問い合わせたところで、取り合ってもらえないだろう。それなら、『組織』のデータベースを頼ったほうが手っ取り早くて確実だ。おそらく、その程度の職権乱用なら許されるだろう」

　森はそう言いながら、再びすべてを封筒に戻し、そして封筒を元通り箱にきちんと収めた。

「とにかく、これは俺の部屋で保管しておくよ。ことさらに焦《あせ》る必要はないんだ、今夜はもうよそう。俺はまだ睡眠不足でクタクタだし、君も憑坐《よりまし》を務めたあとでは、疲労困憊《ひろうこんぱい》だろう。十牛図《じゅうぎゅうず》のほかの絵のことも、おいおい勉強すればいい」

森は、敏生の額に骨張った大きな手を当て、顔を顰《しか》めた。

「司野の奴《やつ》にこき使われたんじゃないか？　まだ顔色が冴《さ》えないし、ほんの少しだが熱もあるようだぞ」

敏生は笑ってそれを否定した。

「まさか。久しぶりだったからちょっときつかったけど、酷《ひど》いことはされてませんよう。ご飯だっていっぱい食べてたでしょう？　大丈夫ですって」

「それは……そうだが」

敏生は、森の肩に小さな頭を預けて言った。

「久しぶりに憑坐のお仕事をして、ちゃんとできて、凄《すご》くホッとしたんです。ああ、これで僕、ホントに元通りになったって思えるなって」

「敏生……」

森の手が、躊躇《ためら》いがちに敏生の柔らかな髪を撫《な》でる。散髪嫌いなせいで、敏生の髪は、ウサギの尻尾《しっぽ》程度には結べるほど伸びてしまっていた。

「モルヒネの禁断症状がなくなってもしばらく、それまでずっと聞こえてた精霊《せいれい》たちの声が聞こえなくなってて、凄《すご》く不安だったんです。もしかしたら、母さんからせっかく受け継いだ精霊《せいれい》の感覚が、薬のせいで駄目になっちゃったのかなって」

「そんなことがあったのか」

髪を梳《す》く森の手が、ピクリと止まる。敏生は、小さく頷《うなず》いた。

「でも、高山《たかやま》に行く少し前からちょっとずつ戻り始めて、また、僕に呼びかけてくれる風や木の精霊の声が届くようになって……ホッとしました。高山での事件も、無事に切り抜けられたし。でも、まだやっぱり、術者の仕事が前みたいにできるかどうか心配だったんです」

「……そうだったのか……。それで、帰《かえ》り際《ぎわ》に司野があんなことを」

「ええ。司野さん、あんなに偉そうなのに、やっぱり根が優しいんですよね。あれ、きっと励ましてくれてたんですよ」

敏生はクスンと笑った。森もしんみりと言った。

「そうだな。つくづく面白い男……いや妖魔《ようま》だ。あの元佑《もとすけ》氏の知己だけのことはある。……それはともかく、大丈夫とは言っても、無理は禁物だぞ。今日はもう、風呂《ふろ》に入ってゆっくり休め」

そう言って森は敏生の体を押しのけようとしたが、敏生は森の腕にぎゅっと摑《つか》まって、いやいやをした。

「敏生」

「もうちょっとだけ」

敏生は、コアラがユーカリの木にしがみつくように、森から離れようとしない。森は仕方なく、体の力を抜き、背もたれに深くもたれた。片腕で敏生の体を引き寄せ、胸に抱き込んでやる。宥《なだ》めるように敏生の背中を撫《な》でながら、森はそっと問いかけた。

「どうした？」

温かなシャツの胸に鼻面《はなづら》を押しつけ、敏生はもそもそと答えた。

「何だか、久しぶりに天本さんとこうしてられるのが嬉《うれ》しくて」

そんな素直な言葉に、森の顔には微苦笑が浮かぶ。

「寂しい思いをさせたのは悪かったが、次の締め切りまでにはかなり間があるよ。何も今夜、そんなに切羽詰まった甘え方をしなくてもいいだろう」

敏生はちょっと悔しそうに、恨めしげな上目遣いで森を見た。

「わかってますよう。だけど……嫌な予感とは違うけど、胸騒ぎがするんです」

「胸騒ぎ？」

敏生の視線が、トマスの木箱へと移る。

「あの手紙は、きっとどこかに繋《つな》がる糸みたいなものだと思うんです。何故《なぜ》かはわからないけど、そんな気がするんです。きっと僕ら、その糸を伝って走り出さなきゃいけない。

遠く……とっても遠くまで」

静かに語る敏生の言葉は、まるで予言者の託宣のように響く。森は、敏生を抱く腕に力を込めた。

「君の予感はよく当たる。あるいは、俺たちは今、長い道行きのスタート地点に立ったのかもしれないな」

答える代わりに、敏生は細い両腕で、森の広い胸をしっかりと抱いた。

「怖いか？」

「……ちょっとだけ」

穏やかに問われ、敏生は素直に頷《うなず》く。頭の上で、森が吐息混じりに笑うのがわかった。

「俺もだよ」

「天本さんも？」

敏生は驚いて森の顔を見上げようとする。それを、敏生の頭を自分の胸に押しつけて制止し、森は穏やかに言った。

「それは怖いさ。長年、盲目的に崇拝し、従っていた人に、いよいよ反旗を翻《ひるがえ》すんだからな。父の力……というより、自分の思うがままに相手を支配するためなら手段を選ばないあの気性を知っていれば、恐れを抱《いだ》かずにはいられない。だが……」

森は、敏生の温かな頰《ほお》を冷たい手のひらで探りながら話し続ける。

「本当のところ、俺は父の素性を知ることを恐れているというよりは、自分自身を知ることを怖がってきたんだ。さっき、『尋牛《じんぎゅう》』の解釈を読みながら、ふとそう思ったよ」

「天本さん自身の……こと……」

「ああ。過去のすべてに蓋《ふた》をして、未来だけ見て生きていけるんじゃないかと思ったこともある。だが、そうしようとしても、やはり俺の知らない自分自身の出生にまつわることや、父と母の関係、それに姉の死……すべての過去が、あとからついてくる。迫ってくる影を感じながら死ぬまで逃げ続けるくらいなら、すべてを知ることへの恐怖に立ち向かうほうがマシだ」

「天本さん……」

森は、小さな溜《た》め息《いき》をついて、敏生の前髪を掻《か》き上《あ》げ、熱っぽい額に口づけた。

「おかしな符合だよ。俺は、本当の意味での自分自身になるために、俺の過去を探し始めたんだ。……いみじくも、『尋牛』の童子《どうじ》さながらにね。おそらく俺自身も、本当の俺である牛を探して、山野を彷徨《さまよ》うことになるんだろう」

「でも！　天本さんは、あの『尋牛』の図とは違いますよ」

敏生はそう言って、顔を上げた。どこか不安げな森の顔を見つめ、ちょっと悪戯《いたずら》っぽく微笑《ほほえ》む。森もつられて、薄い唇に微笑を浮かべた。

「ほう。どこが違う？」

「だって、絵の中の童子《どうじ》はひとりぼっちだから、きっと寂しくてつまんなくて怖くてつらいばっかりだけど、天本さんはひとりじゃないでしょう。牛がどんなに遠くにいたって、僕、天本さんと一緒に探しますから。どこへ行くことになっても、一緒に旅しますから」

「敏生……」

「天本さんは、僕が父さんと分かり合えるようにいっぱい助けてくれたでしょう？　あのとき、京都《きょうと》のホテルに天本さんが来てくれたとき、物凄《ものすご》く嬉《うれ》しかったし、心強かったんです。自分の行動を決めるのは自分自身だってことには変わりなくても、やっぱり凄く支えてもらってるって感じがして、自信が持てました」

敏生は、笑みを深くして言葉を継いだ。

「ひとりだったらつらいことも、二人一緒に頑張るんだったら楽しくなるかも。どんなに長い道だって、二人で喋《しゃべ》りながら行けば、短く感じられるかも。へこたれそうになっても、二人いれば頑張ろうって言い合えるし。だから、大丈夫ですよ！」

「………」

敏生の心のこもったまっすぐな励ましに、森の胸はじんわりと温かなもので満たされる。思わず敏生を抱きしめようとした森だが、ふと、敏生のジーンズの腿《もも》の上で、バタバタと暴れる物体が目に留まる。言うまでもなくそれは、式神《しきがみ》小一郎《こいちろう》が宿った羊の人形であった。

敏生も、時を同じくしてそれに気がついたらしい。プッと吹き出した。

「そっか。二人じゃないね。小一郎も一緒だから、三人旅だね」

ずいぶんと無粋な真似《まね》をしてくれるじゃないか……という言葉をかろうじて呑《の》み込《こ》み、森は肩を竦《すく》めた。確かに、このひたむきな式神《しきがみ》の熱意は買ってやらねばなるまいと思い直し、指先で羊の柔らかなタオル地の頭を撫《な》でてやる。

「わかっているさ。一度は千年の時を超えて、俺たちを見つけてくれたお前だ。頼りにさせてもらう」

――はっ。何処《いずこ》なりと、お供いたしまする。

恭《うやうや》しく言って、羊人形は胸を張った。力をかなり取り戻し、再び人間の姿になれるようになったとはいえ、やはりまだ普段は、人形の中に宿っているのが楽であるらしい。

敏生は、屈託のない笑顔で森に言った。

「三人だったら、二人よりもっと楽しいですよ、きっと。……頑張りましょうね。何があっても離れずに。そして、必ず『牛』をとっつかまえましょう」

「そうだな。……ありがとう。敏生、小一郎」

心のこもった感謝の言葉を囁《ささや》き、森は今度こそ、羊人形ごと敏生を固く抱きしめたのだった……。

翌日……。

「うわッ」

ぐっすり眠って爽《さわ》やかに目を覚ました敏生は、枕元《まくらもと》の時計を見て驚きの声を上げた。昨夜《ゆうべ》は十時過ぎにベッドに入ったというのに、今はもう、午後二時を過ぎている。

「嘘《うそ》……。時計、壊れてるんじゃや……」

焦《あせ》った敏生は、目覚まし時計の文字盤を凝視した。だが、秒針はカチコチと機嫌よく時を刻んでいる。どうやら、久しぶりの「仕事」は、予想外に大きなダメージを敏生の体に与えていたらしい。一度も目覚めず、夢も見ないで、十六時間も眠り続けてしまうほどに。

「やばっ。凄《すご》い寝ちゃったよ」

敏生は慌ててベッドから飛び出し、服を着替えた。顔を洗おうと廊下に出ると、階下から微《かす》かに人の話し声が聞こえてくる。

(あれ、お客さん？　編集さんかな)

しばらく廊下の手すりから乗り出して聞き耳を立ててみたが、どうやら森と男性の客人が喋《しゃべ》っているらしいことしかわからない。敏生は急いで身支度を整え、階段を駆け下りた。少し躊躇《ためら》ったが、居間の扉をノックし、細く開いてみる。

ソファーに向かい合って座っているのは、森と、スーツ姿の初老の男性……「組織」のエージェント、早川知足《ちたる》だった。

おそるおそる顔を出した敏生だが、客人が早川だと知ると、すぐに部屋に入り、笑顔で挨拶《あいさつ》する。

「あ、こんにちは。いらっしゃい、早川さん」

早川も、立ち上がって綺麗《きれい》な礼をした。表稼業《かぎょう》としてもう三十年近く、外国車販売会社の営業マンとして働いてきただけに、それぞれのシチュエーションにいちばんふさわしいお辞儀の角度を瞬時に判断できるらしい。

「しばらくのご無沙汰《ぶさた》でございました、琴平《ことひら》様。お体のほうは、如何《いかが》ですか」

「え……えっと、その、ふ、普通、です」

にこやかな笑顔で問われ、正直な敏生は口ごもってしまう。べつに隠すようなことではないが、術者を休業中だというのに、司野のために個人的に憑坐《よりまし》を務めたことが、どうにも後ろめたかったのだ。

「気にするな、敏生。昨日のことは、もうすべて話してあるから」

森は苦笑いで助け船を出した。早川も、笑顔で頷《うなず》く。

「かなり復調なさったようで、よろしゅうございましたよ。近いうちに仕事に復帰していただけると天本様からお聞きしました。またよろしくお願いいたします。……では天本様、わたしはこれで。また何かお力になれることがありましたら、お気軽にお申しつけください」

「悪いな。助かった」

森も立ち上がって礼を言った。敏生はちょっと残念そうに、それでも早川のために居間の扉を開けてやった。

「早川さん、もう帰っちゃうんですね」

「ええ。外回りの途中に寄らせていただいただけですので。仕事に戻ります」

そう言って、早川は左手に提げたアタッシュケースを軽く掲げてみせた。ようやく腕を覆っていたギプスも取れ、左手が自由に使えるようになったらしい。

早川が去ってから、森は居間の茶器を片づけながら敏生に声をかけた。

「よく寝たな。どうだ、調子は」

敏生は恥ずかしそうに頭を掻《か》いた。

「ごめんなさい。まさか、こんな時間になってるなんて思わなくて……」

「いいさ。べつに何も予定はなかったんだろう？　さすがに心配になって昼前に覗《のぞ》いたら、気持ちよさそうにぐっすり眠っていた。君が食事より睡眠を優先するなんて、よほど疲れているんだろうと思ってね。そのまま寝かせておいたんだ」

「ううう。た、確かに猛烈にお腹《なか》すきました……」

「だろうな。今、昼飯を温めてやるよ」

「あ、それより。早川さん、何のご用事だったんですか？　もしかして、昨日の手紙のこと？」

森は、テーブルの上に置かれた木箱を見下ろし、頷《うなず》いた。

「ああ。昨夜《ゆうべ》、君が寝てからも、何となく寝付かれなくてね。自分にできる範囲で和田陽平の情報を得ようとしたんだが、やはり何も引っかかってこなかった。それで、寝しなに早川にメールを送っておいたんだ」

「えっ！　早川さん、メールなんかするんだ！」

「今時のサラリーマンが、パソコンの一つも使えないでは仕事にならないんだろうな。入院中にノートパソコンを買い込んで、メールから始めたらしい。相変わらず仕事が早いよ。まだ半日も経《た》たないのに、資料を届けに寄ってくれた」

森はそう言って、テーブルの上にあったパソコンの打ち出し原稿を敏生に手渡した。そこには、三十人近くの、日本全国の「和田陽平」の住所と電話番号が書いてあった。

「とりあえず、一九七〇年の時点で十五歳以上だった現在存命の『和田陽平』は、それで全部だそうだ。ありふれた名前のわりには、意外に少ないものだな。ただし、改名などされていようものなら、お手上げだが」

「うっわー。『組織』のデータベースって、この国の人間の情報が全員分インプットされてるんですか？」

「連絡先と家族構成くらいなら、入っているだろう」

「ひゃー……」

敏生は感心して、ずらりと並んだ「全国の和田陽平リスト」を眺めた。

「それで天本さん。これ、もしかして今から？」

森は領《うなず》いた。

「ああ。ひとりずつ電話してみるよ。幸い、たいした数じゃないからな。電話をして、俺の両親と面識があるかどうか、ストレートに訊《たず》ねてみる。それがいちばん早いだろう」

「僕も手伝いましょうか？」

「いいよ。君はまず飯を食え」

そう言って、森は敏生の手から紙片を取り上げ、電話の前に椅子《いす》を据えて腰を下ろす。受話器を取り上げた森を横目に、敏生は台所へ行った。森が作っておいてくれた鮭《さけ》炒飯《チャーハン》と、中華風コーンスープを温める。

トマトジュースを添えた遅い昼食を居間のソファーに運び、敏生はもぐもぐと炒飯を頬《ほお》張《ば》りつつ、電話をかけ続ける森を見守った。

「……はい……はい、そうですか。唐突なお電話で、申し訳ありませんでした。……はい、失礼します」

礼儀正しく非礼を詫《わ》び、受話器を置き、ボールペンで電話相手の名にチェックを入れ、次の候補に電話をかける……。

森は、黙々とその行為を繰り返していた。

(天本さん……人見知り激しいから、こういう電話も苦手なはずなのに、頑張ってるなあ……)

塩鮭《しおざけ》をたっぷり使った美味《おい》しい炒飯《チャーハン》を平らげ、敏生は森と自分のためにコーヒーを淹《い》れた。マグカップを、そっと電話の横に置いてやる。森は何人目かの「和田陽平」と喋《しゃべ》りながら、片手を軽く挙げて礼を言った。

ソファーに戻ってふと見れば、テーブルの上に昨夜《ゆうべ》の「廓庵十牛図《じゅうぎゅうず》」の本が載っている。食事を終えても居間から去りがたく、敏生は膝《ひざ》の上で、本を開いてみた。

昨夜見た「尋牛《じんぎゅう》」の絵をしばらく眺めてから、ページを繰って、次の絵が載っているページを開く。

(一枚目が「尋牛」……二枚目は、「見跡《けんせき》」っていうんだ)

第二図「見跡」にも、牛の姿はない。やはり、奥山の風景に、童子《どうじ》がひとり描《か》かれているだけである。ただ、第一図「尋牛」と、たった一つ違うところがある。それは……。

「足跡……」

敏生は思わず小さな声で呟《つぶや》いた。

そう、「尋牛」では牛を探して前方を見ていた童子が、「見跡」では地面を見ている。そ

「十牛図」の第二　見跡
『提唱　禅宗五部録㊦』
山田耕雲著　春秋社

してその地面には、墨でひときわ黒くくっきりと、牛の足跡が描《か》かれていた。

（確か、『尋牛《じんぎゅう》』では、牛がどこへ行ったか見当もつかなくて、闇雲《やみくも》に探し回る絵だったよね。そしてそれは、本当の自分の姿を見つけようと決心したけど、どんな修行をしたらそれができるのかわかんなくて、あれこれ迷ってるっていう意味だったんだ……。じゃあ、足跡を見つけたっていうのは、ちょっとは進歩したってことだよね。僕も進歩しなくちゃ！）

森が頑張っているのだから、自分も少しくらいは勉強してみよう。そして、次の絵は自分が森に解説してあげよう。……そう思った敏生は、絵に添えられた文章を読もうとした。だが。

見跡　序二
依經解義　閲教知蹤―明衆器爲一金　體萬物爲自己
正邪不辯　眞僞奚分
未入斯門　權爲見跡

（うわああ、無理！　無理だよこんなの！）

高校の漢文の授業で、あらかじめレ点や返り点が打ってある教科書の例文ですら、ろくに読めなかった敏生である。素のままの漢文を突きつけられては、手も足も出ない。

（も、もっとわかりやすい文章ないのかな……）

どうにかそのあとにもっと平易な文章がないかと、敏生は慌ただしく視線を滑らせる。

だが、そのあとに続くのも、やはり漢文だった。

頌曰
水辺林下跡偏多
芳草離披見也麼
縦是深山更深處
遼天鼻孔怎藏他

そのあとにいよいよそれらの文章の解釈文があるのだが、これが旧仮名遣いで、どうにもこうにも読みづらい。文字を見ること自体を、目が拒否してしまう。

（駄目だ……。ごめんなさい、天本さん。これ、頑張る以前の問題だ……）

昨夜《ゆうべ》、森は、こんな難解な文章を短時間のうちに読み解き、敏生に解説してくれたのだ。あらためて森の知識に感服し、森に感謝した敏生は、せめて一行でも理解できないものかと、もう一度最初の漢詩に視線を戻した。

そのときだった。

「待ってください！」

それまで事務的に電話を続けていた森が、急に声のトーンを上げた。

（えっ？）

敏生はビクッとして本から顔を上げた。森が、荒々しく椅子《いす》から立ち上がる。木の椅子が、ガタンと大きな音を立てて倒れた。

「俺は、その二人の息子で、天本森といいます。その、父が保存していた手紙の中に、あなたからの……。いえ、待ってください、違います。俺は父とは……！」

激しい口調で訴えていた森が、ハッと息を呑《の》む。やがて森は深い溜《た》め息《いき》をつき、受話器を置いた。

敏生は本を閉じ、おそるおそる森に呼びかけた。

「あの……天本さん？　大丈夫ですか？」

気を静めるようにゆっくりと振り向いた森は、それでも切れ長の目をキラリと光らせ、紙片を差し上げた。

「見つけたぞ、敏生。……我々の『和田陽平』を」

四章　あてもない空

「もしもし、和田《わだ》さんのお宅ですか。陽平《ようへい》さんはご在宅でしょうか」

十五度目のそんな森《しん》の問いかけに、返ってきたのはこれまた十数度森が耳にした答えだった。

『はい、僕がそうですが。どちら様ですか』

静かな語り口だが、決して弱々しくない男の声だった。紙片に書かれたその「和田陽平」氏の年齢は、六十歳である。

（……父さんと同じくらいの年代だな）

森は、半ば機械的に次の問いを口にする。

「突然の電話、申し訳ありません。天本《あまもと》と申します。実は、お伺いしたいことが……」

実は、お伺いしたいことがあります。ぶしつけですが、トマス・アマモトという男性、あるいはその妻の小夜子《さよこ》という女性の名にお心当たりはありませんでしょうか？

まるで芝居《しばい》の台詞《せりふ》のように滑らかに、森は問いかけようとした。だが、名乗った途端、電話の向こうで相手がヒッと息を呑《の》んだのに気づき、途中で口を噤《つぐ》む。森は、受話器を強く耳に押し当て、相手の反応を窺《うかが》いながら呼びかけた。

「……和田さん？」

『あ……あ、天本なんぞ知らん！』

和田は、突然声を荒らげた。最初の一声が穏やかだっただけに、あまりの豹変《ひょうへん》ぶりに森は一瞬硬直してしまった。だが、ここで電話を切られてしまってはまずいと、とにかく話しかけ、相手を落ち着かせようとする。

「あの、聞いていただけませんか。トマス・アマモトと小夜子という名にお心当たりは……」

『知らないと言っている！』

和田の動揺は激しかった。受話器から、彼の息づかいの激しさが感じられる。

（この人は、確かに父を……おそらくは母のことも知っている……！）

森はそう確信した。

『迷惑電話はお断りだ。切るぞ！』

「待ってください！」

ここで電話を切らせるわけにはいかない。森は、必死で話し続けた。

「俺は、その二人の息子で、森といいます。その、父があなたからの手紙を保存していて、それを拝見し……」

『お、お前たちは親子で俺を苦しめる気かっ！　俺は、二度とお前たちに関《かか》わる気はないんだッ。今さら、何が狙《ねら》いか知らないが』

「いえ、待ってください、違います。俺は父とはちが……！」

自分は父親とは違う、むしろ敵対する立場なのだ……と森は和田に伝えようとした。だが、皆まで言う前に、和田は電話を叩《たた》きつけるように切ってしまった。

ツー、ツー、ツー……。

無情に鳴り続ける電子音を聞きながら、森は固く唇を嚙《か》みしめた……。


「……というわけだ」

森から電話の内容を聞かされ、敏生《とし き》は顔を引きしめた。

「天本っていう名前だけで、凄《すご》い過剰反応されたってことは……やっぱり、トマスさんか小夜子さんのことを知ってる可能性が大きいですよね？」

森は、電話の前に立ったまま頷《うなず》く。

「会話にならなかったから、いったいどういう知り合いかは皆目わからない。だが、和田氏は言ったよ。『親子で俺を苦しめる気か』と。少なくとも、俺の父か母……あるいは両方に苦しめられたと思っているわけだ」

「……苦しめられた……。いったい何があったんだろう」

敏生は気がかりそうに呟《つぶや》く。

「どうにもわからないな。ただ、凄《すさ》まじい剣幕だった。あれだけ動揺していては、今電話をかけ直しても取り合ってはもらえないだろう」

「どうするんですか？」

心配そうに問われ、森はしばらく考えてから、紙片を指さして言った。

「現在の住所は、……やはり米子《よなご》か。術者の仕事を中断している今のうちに、会いに行きたいものだが……」

「そんな勢いで電話切られちゃったら、おうちまで行っても会ってくれそうにないですよね。塩とか撒《ま》かれるかも」

「そうだな。押しかけて、警察を呼ばれでもしたらことだ。……とりあえず、ことのあらましを手紙に書いて、速達で送るよ。もし読んでくれたら、少しはこちらの事情もわかってもらえるだろう」

敏生はごくりとつばを飲む。

「……読んでくれなかったら？」

森は険しい顔で、きっぱりと言った。

「物騒だが、彼の自宅まで行って、どんな手段を使っても……窓の二、三枚を叩《たた》き割《わ》ってでも家に入って、和田氏に会う。そしてこの手紙の意味を……両親との関係を訊《き》き出《だ》す」

「ふ、不法侵入とかになっちゃうんじゃないんですか、それ。やばいですよ！　駄目ですって」

敏生は両手を振って、森を諫《いさ》めようとする。森は自嘲《じちょう》めいた笑みに唇を歪《ゆが》めた。

「術者ほど、悪事に走ることが容易《たやす》い職業はないよ、敏生。家に侵入して内部に結界を張り、相手を呪《しゅ》で縛ってしまえば、警察を呼ぶどころか、動くことすらできなくしてしまえる」

「うわ……」

「そのあと記憶を消してしまえば、本人は俺に会ったことすら忘れてしまうだろう。まさしくどんな完全犯罪でも可能だな」

「そんな！　で、でもそんなこと……駄目！　天本さんは、そんなこと絶対しちゃ駄目ですよ！　き、気持ちはわかりますけど、でもやっぱり……そんなの、天本さんらしくないもの」

敏生は、森の腕を摑《つか》んで必死の面持ちで訴える。森は嘆息して、ふっと笑った。

「わかっている。『組織』と、独立した術者として正式に契約を結んだとき、利己的な目的で術者の能力を悪用しないと誓いを立てた。少々のことなら目をつぶってくれるだろうが、それでもことが露見したとき、術者とエージェントは一蓮托生《いちれんたくしょう》だ。『組織』はともかく、守るべき家族のある早川《はやかわ》に、迷惑をかけるわけにはいかないからな」

「……ホントに？」

まだ心配そうな敏生に、森は頷《うなず》いてみせる。

「和田氏に会うためならそのくらいのことはしてみせる……という覚悟に変わりはないが。だが、焦《あせ》りはしないよ。できるだけ、穏便にことを進めるつもりだ。君を悲しませるようなことはしないと約束する」

まっすぐ目を見てそう言われ、敏生はようやく安心した様子で頷き返した。

「よかった……。じゃ、これから天本さん、お手紙を書くんですね」

「ああ。作家のくせに手紙を書くのはあまり得意じゃないんだが、何とかやってみるよ。それで、君に頼みたいことがあるんだが、いいかな」

「何でも言ってください！」

敏生は張り切って言う。そんな敏生に、森は「和田陽平リスト」を手渡した。

「まだ十人以上残ってる。間違いはないと思うが、リストの最後まで、念のために電話してみてくれるかい？　どんなふうに言えばいいかは、さっきの俺の電話を聞いていてわかるだろう？　あまり余計なことは喋《しゃべ》るなよ」

「大丈夫です。任せてください。じゃ、今からやりますね」

敏生は早速、さっき森が倒してしまった椅子《いす》を起こし、腰を下ろした。そして受話器を取り上げ、森がまだチェックしていない和田氏に電話をかけ始める。

「もしもし。え……っと、その、突然お電話して、たいへん申し訳ありません。天本と申しますが……」

緊張しているのだろう、しゃちほこばった調子で、しかし礼儀正しく敏生が喋《しゃべ》り始《はじ》めたのを見届けてから、森は居間を出た。

——あ、天本なんぞ知らん！

階段を上りながら、先刻の和田との会話を思い出す。

あれほど急に激昂《げっこう》したにもかかわらず、「天本」という名を口にするときだけ、和田の声は、掠《かす》れて小さくなった。

（まるで……その名を口にすることすら憚《はばか》られるようだったな）

森は以前、父のことを少しでも調べようと、父の論文を調べたことがある。ほとんどはトマス・アマモトひとりの名で発表されたものだったが、その中からごく数名、共同研究者の名をリストアップすることができた。

しかし、電話やメール、あるいは手紙でそれらの人々に連絡をとったところ、彼らはいずれも大学や何らかの機関に所属する研究者ではあったが、トマスとの個人的なつきあいは皆無だった。ただ、研究データを共有したり、提供したりされたりというだけの関係だったらしい。

それでも、そんな機会に顔を合わせたトマスの印象を、共同研究者たちは口を揃《そろ》えて「礼儀正しく物腰柔らかなイギリス紳士」だったと語った。

(地位や名誉に興味を示さず、黙々と研究に励む尊敬すべき学究の徒、物静かで礼儀正しく、微笑を絶やさない理想の紳士……。それが、父が他人に見せる顔だ。その異常なまでの執着心や、己の求める結果を得るためなら手段を選ばない冷酷で狡猾《こうかつ》な本性は、決して身内以外には見せない。そのはずなのに……)

それなのに和田は、天本の名だけで激しい嫌悪《けんお》と怒りを示した。しかも、彼は天本という名に、同時に怯《おび》えてもいるようだった。

(ということは、彼は父の本当の姿を知っている。……それほどに、かつては父に近いところにいたということだ)

何としても、和田陽平とコンタクトをとり、彼と両親との関係を訊《き》き出《だ》さなくてはならない。

(そのためには、まず俺たちに害意がないことを、何とかわかってもらわなくてはな……)

まずはこちらの所在と立場を知らせ、亡《な》くなった母のこと、そして父の過去について訊きたいのだという意図をはっきり伝えることにより、相手の心を開かせなくてはならない。はたして封を切ってくれるかどうか怪しいものではあるが、一方的に情報を送りつけることができるという点で、手紙は最適の手段だろう。

「……やってみるしかないな」

敏生の言うとおり、目的のためなら手段を選ばないようなやり方は、……体内に父の血が流れていると自覚せざるをえなくなるようなやり方は、自分らしくない。

(俺は、俺らしくやるべきだ。生温《なまぬる》いやり方と父はあざ笑うだろうが、俺は、良心に恥じない生き方をする……!)

そう心に誓い、森は自室の扉を開けた……。


事態が大きく動いたのは、それから四日後の夜のことだった。

ちょうどそのとき、天本家には龍村《たつむら》が来ていた。例の事件以来、龍村は暇を見つけては敏生を診察するためにやってくる。薬物中毒の恐ろしさを知っている法医学者の彼だけに、本人以上に後遺症のことを気にかけているのだ。

最初は新幹線を使っていたので大変そうだったが、今は、彼言うところの「式神《しきがみ》タクシー」が復活したおかげで、神戸《こうべ》から天本家まで、ほとんど瞬間移動が可能である。

さすがに最近は敏生の体調が安定したので以前ほど頻繁に訪問することはなくなったが、その日は久しぶりに小一郎《こいちろう》に連れられ、午後七時過ぎにやってきたのだ。

三人で夕飯を一緒に摂《と》ったあと、コーヒーと龍村の手土産《てみやげ》のケーキでデザートを楽しみながら、森は例の木箱と、その中に入っていた手紙を龍村に見せた。和田陽平との電話でのやりとりも、包み隠さず打ち明ける。

以前なら、「関係ない人間に余計なことは教えない」と割り切って、森は龍村に何も言わずに帰しただろう。

だが、龍村はかつてトマスに会ったことがある。森の古くからの友人とトマスに認識されており、しかも敏生が河合《かわい》に拉致《らち》されたとき、その場に居合わせたせいで怪我《けが》を負わされたという事実もある。これから先、森と敏生に直接何かを仕掛ける代わりに、トマスが森の親友である龍村に、何らかの危害を及ぼそうとしないとも限らない。

敏生がモルヒネの禁断症状に苦しんでいるとき、森は龍村にそう警告したことがあった。そして、森はこうも言った。

自分は、これから父親と全面的に戦うことになるだろう。父親は、敏生に深く関心を寄せている。だから、敏生は自分が何としてでも守ってみせる。だが、龍村はまだそこまで切羽詰まった立場にはいない。おそらく今ならまだ間に合う。これ以上のトラブルに巻き込まれたくなければ、自分と敏生から離れてくれと。

「何も絶交してくれと言ってるわけじゃない。父とのことに決着がつくまで、俺たちからしばらく距離を置いてくれないか、龍村さん」

森は身を切られるような思いでそう言った。だが龍村はそれを聞くなり、「この馬鹿《ばか》が」

と言い、右手をげんこつに固めて、いきなりがつんと森の頭を殴った。

まるで小さな子供を叱《しか》る父親のようなその行動に、森は声を上げることも忘れ、痛む頭を押さえて龍村を凝視する。

すると龍村は、鬼瓦《おにがわら》のような顔でこう断言した。

「そうですかと素直にお前たちから離れて……それで僕が平気で暮らせると思うのか？　そんなことをするくらいなら、お前たちと一緒にいて酷《ひど》い目に遭うほうが、百倍ましだ！　そしてそう宣言したからには、これはもう巻き添えではなく、僕が好きでやることなんだ。お前がどう言おうと、従う気はない」

そして彼は、途方に暮れた顔つきの森を見て、ほろりと気障《きざ》に笑い、おどけた声でつけ足した。

「だいたい、もう遅いぜ、天本。僕だって、あれがご老体が本当に意図したところでなく、親父《おやじ》さんの企《たくら》みだったと知った以上、少なくともスタンガンの分はお前の親父さんをぶっ飛ばす所存だ。何しろ、大の男が道ばたでぶっ倒れるなんて醜態を晒《さら》す羽目になったんだからな。それに、いいところで僕をのけ者にするな。……確かに僕にはお前たちのような超常的な力はないが、それでも、お前たちの仲間のつもりだぞ。何が起ころうと、とことんつきあうさ。よく言うじゃないか。三人寄れば文殊《もんじゅ》の知恵と」

親友の笑顔と力強い言葉に、森は、「ありがとう」とただ一言言うのがやっとだった。

そしてそんな言葉のとおり、龍村は以前と少しも変わらず森と敏生を気にかけてくれる。その龍村に対して、自分ができることは誠実であることしかないと、森は思ったのだ。だからこそ、父に関する情報のすべてを、森は龍村にも包み隠さず話した。

黙って聞いていた龍村は、写真を見て、ううむと唸《うな》った。

「なあ、天本。高校生の頃、風邪《かぜ》見舞いでお前の家に行って、うっかりお母さんの部屋の扉を開けちまったことがあったろう。ほんの一瞬だけだったが、そのときに見たお前のお母さんは、まるで妖精《ようせい》みたいだった。……その、この世の生き物じゃないみたいに綺麗《きれい》で……だが希薄に見えた。今にも空気に溶けちまいそうにな。だがこの写真のお母さんは、どこから見ても普通の女性だな」

フルーツケーキをフォークで崩しながら、森は頷《うなず》く。

「不思議な感じだったが、少し安心もしたよ。俺の知っている母は、ずっと彼岸の人だった。だが、そんな母にも、こんなふうに笑える幸せな時間があったんだと知った。ほんの少しだが、心が安らぐ気がした」

敏生は黙って、どこか寂しそうに見える森の横顔を見た。

幼い日に両親を失ったも同然だった敏生だが、それでもかつて両親に愛された記憶があったからこそ、将来への希望を失わずに生きることができた。

(挫《くじ》けそうになったとき、いつも、ちっちゃい頃に励ましてくれた母さんの声が聞こえい思い出も、何もないんだよね……）

そう思うと、敏生は胸が締めつけられる思いだった。愛されることを知らなかった幼い日の森に、今の自分の森への思いを伝える方法があれば……と夢のようなことを考えずにはいられない。

龍村は、珍しく無口な敏生に労《いたわ》るような眼差《まなざ》しを向け、明るい口調で言った。

「しかし、そういうことなら、次の旅行先は米子になりそうだな。いいところだぞ。蟹《かに》のシーズンじゃないのが残念だが、松江《まつえ》にも、鳥取《とっとり》砂丘《さきゅう》にも近い。境港《さかいみなと》で水木《みずき》しげるロードを見物するってのも、お前らしくていいんじゃないか」

そんな軽口に、森も苦笑いしながら龍村をたしなめた。

「おいおい。まだ行くと決まったわけじゃない。それに、あんたは仕事があるだろう。俺と敏生で行くさ。ああ、だがもし土産《みやげ》のリクエストがあれば何なりと……」

「それがな。思わぬ長期休暇を手に入れちまったもんで、けっこう暇なんだ」

龍村はニヤリと笑ってそんなことを言った。森と敏生は顔を見合わせ、同時に龍村を見た。

「まさかクビに」

「されちゃったんですかッ⁉」

二人で仲良く一つの文章を完成させて、敏生は泣きそうな顔をして身を乗り出した。

「ま、まさか僕のせいで？　僕の看病をするために、お仕事休みすぎてクビに⁉」

「待て、違う違う。そういうことじゃない。そんな顔をするなよ、二人とも」

龍村は困り顔で手を振る。森は厳しい面持ちで、龍村を正面から見据えた。

「だったらどういうことだ。俺たちに関係ないというなら、きちんと説明してくれ」

「あー……まあ、お前たちにまったく無関係というわけじゃないんだが……ああ、琴平《ことひら》君。ちゃんと説明するから、そんな不安げな顔をするなよ」

龍村は、居心地悪そうにがっしりした肩をそびやかせ、コーヒーを飲み干してから説明を始めた。

「つまりだな。この間、ご老体にスタンガンを食らって仕事を休む羽目になったとき、非常勤監察医をしてくれている同僚に代役を頼んだんだが、そいつが前からずっと、常勤で仕事をしてみたいと言ってたんだ。ただし、大学のほうが人手不足だから、一年以内で、な。だが、常勤となれば、一応地方公務員だ。一年以内というのは手続き上難しくて、これまで希望を叶《かな》えてやることができなかった」

森と敏生は、揃《そろ》ってじっと龍村の話に耳を傾けている。

「だが、僕の入院騒ぎのあと、琴平君のことがあっただろう。モルヒネ中毒の最初の症状がかなり酷《ひど》かったもんだから、こりゃもっと長丁場になるだろうと踏んでだな。ちょいと悪い小細工をしちまったんだ」

「小細工？」

森は眉《まゆ》を顰《ひそ》める。龍村は、ちょっと後ろめたそうに、こめかみをぽりぽりと掻《か》きながら明後日《あさって》の方向を見て言った。

「やあ、医者同士ってのはいろいろ融通が利《き》くと、前にも言ったろ。つまり、長期療養が必要って感じの診断書をな……」

「でっち上げたのか！」

さすがに呆《あき》れた様子で森が声のトーンを上げる。龍村は、「まあな」と四角い顔を奇妙に歪《ゆが》めて笑った。

「ま、負傷したのは事実だが、それをかなり大袈裟《おおげさ》に診断してもらったってわけだ。で、半年間のいわゆる『自宅療養』をゲットした。その間、くだんの同僚に、半年ではあるが僕の代役として希望どおり監察医ライフを満喫してもらうことにしたわけだ」

敏生は、遠慮がちに口を出す。

「でも龍村先生。それって……あの……いわゆるズル休みじゃ……」

「む。それを言われると返す言葉がない。実際僕も、その診断書を懐《ふところ》に入れたまま、いったんは仕事に復帰したんだがな。同僚に、ピンチヒッターの礼は何がいいと訊《たず》ねたら、診断書を使って、自分にその半年をよこせと言われちまった。それで、役所に書類を提出して、よろしく取りはからってもらった。……まあ、いわゆる互いの幸せのためささやかな悪事の共犯者となった、という奴《やつ》だな。先週、引き継ぎもすませたよ」

「……なるほど。それは確かに長期休暇だな」

森は腕組みして、複雑な顔つきで言う。龍村の「ズル休み」は自分たちの引き起こした事件が発端であるだけに、何とコメントしたものか困惑してしまっているのだろう。敏生も、優しい眉《まゆ》をハの字にして、申し訳なさそうに龍村を見ている。龍村はいつもの豪快な笑顔で、片目をつぶった。

「ま、そんなわけで、大学卒業以来、初めてこんなに長い休みを手に入れたもんでな。お前たちの主治医としては、いっそここに居座ってやろうかと……安心しろ、そんな怖い顔をしなくても、僕はそこまで無粋じゃないぜ、天本。冗談だ」

「………」

「もう、天本さんってば」

森は、眉間《みけん》に深い縦皺《たてじわ》を刻み、無言で龍村を睨《にら》みつける。敏生は、それを見てクスッと笑った。龍村は、テーブル越しにそんな敏生の丸い頬《ほお》を撫《な》でて言った。

「やっと笑ったな。そんなふうに笑えるようなら、体だけじゃなく、心のほうもひと安心だ」

「龍村先生……」

敏生は、はにかんだ笑顔で頷《うなず》く。それに対して森が何か言おうと口を開いたとき、居間の電話が鳴った。

「あ！」

「いい、俺が出る」

森は立っていって、受話器を取り上げた。

「もしもし？」

だが、受話器の向こうから聞こえてきた声に、森の顔がさっと引きしまった。片手で、敏生と龍村を手招きし、そのあとすぐに人差し指を口元に当ててみせる。

どうやら、静かに来いと言われているのだと察し、龍村と敏生はすぐさま足音を忍ばせ、森のもとへ歩み寄った。森は、目で二人に黙っていろと念を押してから、ハンズフリーのボタンをそっと押す。

スピーカーから、相手の声が流れ出した。

『もしもし……聞こえていますか？』

それは、掠《かす》れぎみの男の声だった。声の調子からは、あまり若いようには思えない。森は、落ち着き払った声で言った。

「聞こえています、和田さん。あなたのほうからご連絡を頂けるとは、思いもしませんでした」

(和田さん⁉　和田陽平さんだ……！)

敏生は大きく目を見開き、声を出さずに龍村に「和田陽平」と唇の形で知らせた。龍村も、仁王《におう》の眼《まなこ》を見張ってうんうんと頷《うなず》く。声を出せない二人が息を殺して見守る一方で、森の顔も声も、いつもと変わらず冷静だった。

『あんたからの手紙……読ませてもらったよ』

「ありがとうございます。読んでくださるかどうか、実はとても不安でしたよ」

『捨てようと思った。一度はゴミ箱に放《ほう》り込《こ》みもした。……だが、どうしても気になって、つい拾い上げて封を切ってしまったんだ』

和田の声は、激しい感情を必死で体内に押し込めているように、苦しげだった。森は、遠く離れた場所にいる和田に向かって、祈りを込めて静かに問いかけた。

「それで……お電話をくださっているということは、手紙の内容を信じていただけたと思っていいんですか？」

和田はしばらく沈黙していた。三人は、固唾《かたず》を呑《の》んで待つ。やがて和田は、囁《ささや》き声《ごえ》で問いかけてきた。

『手紙の内容はともかく、あんたが同封してきた戸籍謄本とあんたの写真……あれで素性だけは信じることにした。あんたの顔には、小夜子の面影があったからな』

「やはりあなたは……母と知り合いだったんですか！」

森の声に、力がこもる。だが和田は、それに答えずこう言った。

『小夜子は死んだんだな。……そしてあんたは生き延びた。あの男もまだ……』

「父のこともご存じなんですか？」

『どうやって俺の居場所を知った？』

「……父の持ち物から見つけたあなたの手紙に、鳥取県《とっとりけん》米子市とだけ書いてありました。あなたが名前や住居を変えていないことを信じて、人を使って調べたんです」

嚙《か》み合《あ》わない会話に苛《いら》ついた表情を見せながらも、森は辛抱強く説明する。その真剣な姿勢に、相手も少し気持ちを落ち着かせたらしい。ようやく、本題に言及した。

『それで。今さら俺に連絡してきて、何が知りたい』

森は敏生と龍村をちらと見やった。二人は、同時に深く頷《うなず》く。森は単刀直入に告げた。

「あなたと両親の関係を。……そして、あなたの知る両親のことをお聞かせ願えませんか」

『そんなことは、あんたの親父《おやじ》に訊《き》けばいい』

叩《たた》きつけるような調子で、和田は言った。だが森は、相手を刺激しすぎないように言葉を選びつつ言い返した。

「父は、真実をありのまま教えてくれるような人ではありません。だからこそ、俺はこれまで何も知らずにきてしまった。それに……父のそうした気性は、あなたもよくご存じなのではないですか」

『手紙に書いてあったが……あんたは本当に何も知らんのか。小夜子がああなった理由も、従子《よりこ》のことも……あんたが生まれる前後のことも』

「知りません。物心ついたときには、母はもう心を閉ざしていました。父は、過去については何も教えてくれませんでした」

『何てことだ……』

「姉のことは、ずっとあとになって偶然戸籍を見て、初めて知りました。先日、ようやく父に姉のことを問《と》い質《ただ》すチャンスがありましたが……父は、姉は階段から落ちたのだと……事故死だと言っ……」

『馬鹿《ばか》な！』

和田は、森の言葉を語気荒く遮った。スピーカーから飛び出した大声に、敏生はビクッと身を震わせ、危うく出そうになった驚きの声を、手で口を塞《ふさ》いで押しとどめた。森は、少しも動じず、自分も凛《りん》と声を張り上げる。

「やはりあなたは、真実をご存じだ。そうですね？」

『……っ……』

和田は絶句した。このまま、またしても受話器を置かれてしまうのかと敏生はドキドキしたが、今夜の和田は、様々な意味で覚悟を決めた上で、森に連絡してきたのだろう。押し殺した声でこう問いかけてきた。

『何故《なぜ》……あんたは何故、今頃になってそんなことを知りたがる。もういいじゃないか。今さら過去など知ろうとせずに、すべて忘れて暮らせばいい』

「それはできません」

森はきっぱりと言った。

「これまでの俺は、自分の過去からも、父からも、何か理由をつけては逃げ続けてきました。その結果……俺は、かつて愛した人を失い、そして今再び、自分のいちばん大切な人たちを危険に晒《さら》してしまいました」

『……危険に……？』

森は、龍村と敏生の顔を見ながら、静かに言った。

「いつの日か、父と分かり合える日が来るかもしれない……そんな希望が、心のどこかにあった。血の繋《つな》がった父が、百パーセント悪意の人だとは思いたくなかった。とことん甘かったんです。その甘さのせいで、俺は自分を信じてくれた人たちを傷つけ、苦しめ、命を落としかねない事態に陥らせてしまった」

『…………』

和田の、荒い息づかいだけがスピーカーから聞こえてくる。敏生は、瞬《まばた》きさえ忘れて森を見つめていた。

「俺にプレッシャーをかけて自分に従わせるために、俺の周囲の人たちを傷つける。それが父のやり方です」

『……ああ』

呻《うめ》き声《ごえ》で、和田はそれを肯定する。森はいっそう力を込めて言った。

「あなたはご存じなんでしょう？　父が昔から、何かを企《たくら》んでいたことを。それが何か教えてください。父は、俺や、俺のかけがえのない人々を彼の野望に巻き込もうとしている。俺は知らなくてはならないんです。父が何をしようとしているのか」

『それは……』

和田は苦しげに喘《あえ》ぐ。森は、熱を帯びた声で言葉を継いだ。

「それが、邪悪なことであることだけはわかります。実の息子ですから……肌で感じます。けれど、それだけでは父には対抗できない。彼を止めることができないんです。和田さん、俺はすべてを知りたいんです。母が何故《なぜ》心を閉ざしたのか、姉が何故死ななければならなかったのか……。それは、本当の自分を知ることでもあるんです。お願いします、和田さん。あなたがご存じのことを、俺に教えてください」

（……お願いしますッ）

敏生も、心の中でそう言い、電話に向かって深々と頭を下げる。龍村も、まるで知らない誰かに向かって念波でも飛ばしているように、カッと目を見開き、固く拳《こぶし》を固めて力んでいる。

長い長い沈黙。スピーカーからは、和田の呼吸音だけが聞こえる。電話の向こうで、和田が酷《ひど》く葛藤《かっとう》していることが窺《うかが》える激しい息づかいだった。

「どうか……お願いします」

それだけ言って、森は祈るように目を閉じた。

やがて、微《かす》かな声がスピーカーから漏れた。

『……今は話せない』

森の目に、当惑の色が浮かぶ。

「もし、決心がつかないと仰《おっしゃ》るのでしたら、後日また……」

『電話なんかじゃ話せないと言ってるんだ』

「……と仰ると……手紙、ですか？」

またしばらくの沈黙のあと、ついに和田はこう言った。

『会えないか。……あんたの顔を見てから、話すかどうか決めたい』

森の視界の端っこで、敏生がこくこくと何度も頷《うなず》く。森は、和田からの願ってもない提案に、上擦ってしまいそうな声を必死で抑えて言った。

「俺も、あなたに是非お目にかかりたいと思っています。……いつどこへ行けばいいですか？　お宅にお邪魔してでも？」

『いや、それはいかん！　……悪いが、俺の家に天本の名を持った奴《やつ》を上げる気は、金輪際ないんだ』

やはり、「天本」という名前を口にするときの和田の声音は硬く、微《かす》かに震えている。

「では、どちらへ？　和田さんのご指定の場所へ、ご指定の時刻に伺います」

『仕事の都合がつくのは……明後日《あさって》だ。明後日の朝十一時……そうだな、静かだが、少しは人がいる場所がいい。足立《あだち》美術館のロビーに来てくれ』

「足立美術館……午前十一時。わかりました。俺の連れが同席しても構いませんか？　俺とともに父に立ち向かってくれる仲間です。……あなたにも会っていただきたい、それだけです。あなたに数で圧迫感を与えるつもりはありません」

『……いいだろう。それから、うちには一切あんたのほうから連絡しないでくれ。絶対にだ』

「わかりました。では、明後日……」

ガチャン！

まるでスパイが盗聴を恐れてでもいるように、必要事項だけを伝え、和田は電話を切ってしまった。森はゆっくりと受話器を戻し、はあっと息を吐いた。無意識のうちに力の入っていた肩を、呼気とともに下ろす。

「……どうにか交渉は成功だな、天本」

龍村に肩を叩《たた》かれ、森は「ああ」と頷《うなず》いた。

「しかし、足立美術館というのはいったい……」

「はいっ！　僕知ってます！」

敏生が、まるで小学生のように手を挙げて答える。

「ほら、こないだアトリエの先生のお供で、松江に旅行したでしょう？　あのとき、時間と余力があれば、本当は足立美術館に寄ろうって言ってたんです。結局、先生がお疲れだったから行かずに帰ってきたんですけど」

「ということは、松江の近く……日本海側か」

敏生は頷く。

「ええ。えっと……島根県安来市《しまねけんやすぎし》にあるって聞きました」

龍村は、それを聞いて手を打った。

「なるほど！　安来なら、米子からそこそこ近いぞ」

「そうなのか？」

龍村は、自信ありげに頷いた。

「ああ。米子で検診の仕事をしたとき、確かホテルに足立美術館のパンフレットがあった。庭が綺麗《きれい》らしくて、暇があったら行ってもいいと思ったんだが、僕も結局行かずじまいだったな」

「あ、そうです。先生も、お庭が素敵《すてき》なのよって。ええと……誰かの絵のコレクションでも有名って言ってたけど、忘れちゃった……」

「ふむ。とにかく、これでこれからやることははっきりしたな」

龍村はそう言って、腕組みした。森は、敏生を見て言った。

「敏生……君が言ったとおり、これから俺たちは、父の影を追って、長い道を走り始めることになるようだな。今、俺もはっきりそう感じるよ」

敏生はこっくりと頷《うなず》く。そんな敏生の決意に満ちた顔から、森は龍村の角張った顔に視線を移した。

「もう一度だけ訊《き》く。巻き込ませてもらっていいんだな、龍村さん」

問いというよりは確認に近い森の言葉に、龍村は大きな口をにいっと引き伸ばして笑った。

「スタミナには自信がある。長距離走なら、お前や琴平君より得意かもしれんぞ。どーんと任せておけ！」

「……頼もしいな」

森はようやく硬い表情を崩し、小さな笑みを薄い唇に浮かべた。龍村は、パンと手を打ち合わせる。

「よし！　明日は早速、米子へ移動といくか！」

「……いや。それはやめておこう」

森は、尖《とが》った声で龍村の提案を却下した。敏生と龍村は、怪訝《けげん》そうに森を見る。

「何故《なぜ》だ？」

「どうしてです？　だって、米子に宿を取ったほうが、楽だし確実ですよ？」

森は、ちらとカレンダーを横目で見て言った。

「確かに、ゴールデンウイークの中日の平日だ。宿は取れるだろうが……。いざというときまで、あまり和田氏に近づかないほうがいいと思うんだ」

「ああ？」

龍村は納得いかない様子だったが、敏生はその言葉でピンときたらしい。幼い顔に、緊張を走らせた。

「それって、僕らの行動を、天本さんのお父さんに知られないようにしたいってことですよね」

「ああ。念のため業者に調べさせたところによると、一応、うちの電話は盗聴されていないし、この家にも盗聴器や隠しカメラはないらしいが、用心に越したことはない」

「そ、そんなこと、いつの間に調べたんですか!?」

驚く敏生を見やり、龍村はちょっと得意げに胸を張った。

「僕が進言したんだ。最近は、ごく普通の家にも、盗聴器が取り付けられているようなご時世だからな。どこぞの医局のセミナー室でも、そこの教授が盗聴器を取り付けて、医局員が自分の悪口を言っていないかチェックしているらしいぜ」

「うえぇ……」

「僕は、式神《しきがみ》やら何やらには詳しくないが、人間のやらかす悪さには、君や天本より通じているつもりだ。だから天本に、そういうすぐに対処できることから注意しろと言ったというわけだ」

「そっか、龍村先生は法医学の人ですものね。はあ……そういう怖いものがこの家になってわかって、ちょっと安心。でも……」

敏生は一瞬にこっとしたが、すぐに顔を引きしめ、森を見た。森も、厳しい顔で言う。

「家を包む結界はこれでもかというくらい強化した。守りに配置した式の数も、以前よりずっと増やしてある。だから、そう簡単に父の式が入り込めるとは思えない。だが、家から一歩出てしまえば、話は別だ。おそらくどう動いても、父の監視の網に捕らえられるだろう」

自分にはとうてい理解しきれない超常的な話に、龍村はごくりと喉《のど》を鳴らす。

「つ……つまり、この家を一歩出りゃ、僕たちがどこで何をしているか、親父《おやじ》さんにはお見通しというわけか？」

森は、憂鬱《ゆううつ》そうにその言葉を肯定した。

「彼の使う式《しき》がどこかで見ているはずだ。できるだけ、和田氏と接触する直前まで、彼の住む米子には近づきたくない。そのうち行き先は知れるだろうが、それが遅ければ遅いほど、邪魔が入る確率が下がる。今のところ、そういう消極的な防御策をとるしかないからな」

まるでアメリカ人のように大袈裟《おおげさ》に両腕を広げ、龍村は嘆息する。

「やれやれ、まるでスパイの隠密《おんみつ》行動だな。……だとすると、明後日《あさって》……和田氏に会う当日の朝に飛行機で移動か。羽田《はねだ》から出雲《いずも》空港へ飛んで、そこから自動車で安来まで突っ走るってところだろうな」

「それがベストだろう。飛行機は、インターネットで手配しておくよ」

「ああ。車のほうは……そうだ、思い出した。出雲空港には、レンタカー会社が入ってないんだ。以前、学会でレンタカーを借りたとき、空港から営業所に連れていかれて、かなり時間をロスした。今回は、タクシーを使うのがよさそうだな」

龍村はそう言った。敏生は、少し緊張した顔で訊《たず》ねた。

「じゃあ、帰りも大急ぎですか、天本さん」

「ああ、とんぼ返りが理想だな。それができなければ、少なくとも米子からは可能な限り離れるべきだろう。……和田氏もおそらく、それを望むはずだ。俺に……『天本』に関《かか》わることを酷《ひど》く恐れているようだったから」

「なるほど。……こりゃ、強行軍になるな。琴平君、今日は早く休んで、明日も十分に休養をとっておけよ。何が起こるかわからん旅なら、万全の体調で行かなくてはな」

「はいっ」

主治医の指示に、敏生は素直に頷《うなず》く。森は龍村に訊《たず》ねた。

「あんたはどうする？　いったん家に帰るか？　だったら小一郎に……」

だが龍村は、あっさりとかぶりを振った。

「いや。僕や小一郎があまりウロチョロすると、親父《おやじ》さんの関心を引きかねないだろう。荷造りが必要ないなら、ここに留《とど》まるよ。どうせなら、そのくらい徹底しようぜ」

「わかった。そうしてくれると助かる。二人とも、できるだけ明後日《あさって》の朝まで家から出ないようにしてくれ。何としても無事に和田氏に会いたいからな」

「わかりました！」

「了解した」

敏生と龍村は、まるで探検隊の隊長に命令された隊員たちのように、歯切れよく頷く。それほど二人とも、気合いが入っているのだろう。森は、ありがたさ半分、困惑半分で首を振った。

「その……ことを起こすのは明後日だ。今日からそんなに気合いを入れなくていい。客間に布団《ふとん》を敷いておくよ、龍村さん。そろそろ敏生と交代で風呂《ふろ》を使え」

そう言って和室へ入っていく森を見送り、龍村は敏生に低い声で囁《ささや》いた。

「ああは言っても、あいつがいちばん緊張してるんだぜ、きっと」

敏生も、心配そうな顔で頷《うなず》き、龍村に囁き返す。

「そうですよね……。だって、ずーっと知らなかったご家族の話を、いよいよ聞けるかもしれないいんだし。そもそも、和田さんとホントに無事に会えるかどうか心配だし」

「そうだな……何しろ、警戒しなきゃいけない相手が、あのわけのわからない親父《おやじ》さんだしな」

ちょっと考えていた敏生は、龍村の厳《いか》つい顔を見上げてこう言った。

「ねえ、龍村先生。明後日《あさって》までは、あんまりこの話はしないようにして、天本さんの気持ちを少しでもほぐしてあげられるようにしませんか？　難しいかもしれないけど、天本さんが、楽になれるようなことを何か……何かないかな」

龍村も、うむうむと腕組みして頷いた。

「そうだな。あいつ、放《ほう》っておくときっとどんどん思い詰めて、早晩プレッシャーで胃に穴をあけそうだからなあ。よしっ！　風呂上がりに、みんなでゲームでもするか。何かいいものはないか？　オセロじゃ二人でしかできないし、花札かトランプでも……」

敏生はしばらく考えていたが、パッと顔を輝かせて言った。

「そうだッ。だいぶ前に、商店街の福引きで貰《もら》った『人生ゲーム』があります！　小一郎も呼んで、四人でやりましょう。……ほら、天本さん、あれでけっこう負けず嫌いだから、きっとムキになりますよ」

「おう、そりゃいい。そうと決まったら、とっとと風呂《ふろ》をやっつけてしまおう」

「ええ。龍村先生、お先にお風呂どうぞ。僕、納戸《なんど》へ行って、ゲームを捜しておきます」

「ようし、和田氏に会う作戦は天本に任せるとして、僕らはそんな天本をリラックスさせる秘密作戦だ。大事なご主人様のためだ、今夜ばかりは気持ちよく協力しろよ、小一郎」

龍村は巨体を屈《かが》め、敏生のジーンズのベルト通しからぶら下がった羊人形に「耳打ち」する。しばらく思案するようにくたくたの前足を動かしていた羊人形から、やがてその愛らしい外見に不似合いな寂《さ》びた声が聞こえた。

——致し方ない。主殿《あるじどの》の御為《おため》であれば協力を惜しまぬ。だが、その「人生げえむ」とやらは何なのだ、うつけ。

「ええと……前に、双六《すごろく》やったじゃん。あれにちょっと似てるよ。事業を興《おこ》したり、株で失敗したり、宝くじが当たったり、交通事故で大怪我《おおけが》したり、会社クビになったり……最後は子供を養子に出して赤字を埋めたりするゲーム」

——それは……主殿のお心が安らぐ遊戯なのか……？　ずいぶんと殺伐としておるように聞こえるが。

「う……そ、それはそうなんだけど、やればわかるって！　けっこう白熱するんだから。と、とにかく、そうと決まったら作戦開始！　小一郎も、ゲーム捜すの手伝って！　龍村先生は、早くお風呂《ふろ》すませちゃってください」

――む……まあ、よかろう。

目の前にやることが見えてくると、敏生は俄然《がぜん》活気づく。龍村も、力強く頷《うなず》いた。

「よしきた！　では、全員作戦開始だ！」

何も知らずにせっせと客間に布団《ふとん》をのべている森をよそに、二人と式神《しきがみ》は、早速行動を開始したのだった……。

＊

＊

そして、翌々日の早朝……。

三人は夜明けとともに起き出し、羽田空港へと向かった。

できるだけトマスに自分たちの行動を悟られないようにと、森たちはギリギリまで自宅で待機していた。おかげで空港に到着したのは搭乗受付終了十分前で、三人は朝からかなりのスリルを味わったのだった。

出雲空港までは一時間半ほどの短いフライトだが、飛行機が離陸してしばらくすると、敏生は寝息を立て始めた。どうやら、昨夜《ゆうべ》あまり眠れなかったらしい。森は、通りかかったキャビンアテンダントを呼び止め、毛布を貰《もら》って敏生に掛けてやった。

「……どうやら琴平君、昨夜は緊張してよく眠れなかったようだな」

通路の向こうから、龍村が身を乗り出して小声で言う。森は敏生を見やって頷《うなず》いた。

「ああ。まだ体力が完璧《かんぺき》に戻りきっていないから、疲れが出やすいらしい。まあ、出雲に着くまで、少しなりと眠れればマシだろう」

「お前も眠れなかったクチだろ。目が赤いぜ。お前も寝てろよ天本」

「いや……。眠ったさ」

そう言って、森は席を立ち、龍村の隣の空席に移った。朝早い飛行機だけあって、座席は半分ほどしか埋まっていない。

「あんたと敏生と……小一郎のおかげで、ずいぶん気が紛れたよ。……ありがとう」

ボソリと呟《つぶや》かれた感謝の言葉に、龍村はクッと広い肩を震わせて笑った。

「人生ゲームか。一昨日《おととい》の夜は、あれで三人揃《そろ》って睡眠不足になったって話もあるがな。まさか朝まで熱中する羽目になるとは思わなかった。お前があそこまで世渡り下手だとも知らなかったぜ」

そんなからかいに、森はムッとした顔で言い返す。

「どうせ。自分が事業家になれないことだけはよくわかったよ」

「小一郎以下の商才だからな。絶望的だ。そういや、琴平君が意外に商売上手だってことも意外だったな」

龍村は、毛布に鼻先を埋《うず》めてぐっすり眠っている敏生を見やり、ニヤリと笑った。森も、思わず深く頷《うなず》く。

「まったくな。何度プレイしても、石油王だの株成金だの宝くじに大当たりだの……。ビジネスは、敏生に任せたほうがよさそうだ。……そういえば、タクシーのほうは？」

「ま、空港で拾えるかとも思ったんだが、念のため、ちゃんと電話で予約しておいたさ。訊《き》いたところによれば、交通渋滞さえなければ、空港から足立美術館までは、だいたい一時間ほどかかるそうだ。ちょうど、待ち合わせ時間ギリギリに着けそうだぜ。いいタイミングだな」

「ああ」

やはりどこか緊張した面持ちで前を向いた森の顔を横目で見ながら、龍村は低い声で言った。

「なあ、天本。お前の親父《おやじ》さんは、もう僕たちの行動に気づいていると思うか？」

森は、じっと前の座席の背もたれを見ながら、口を開いた。

「どうだろうな。……だが、かつてあの人は言ったよ。『いつでもお前を見ている』と。最初はハッタリだと踏んでいたが……今は本当だと思っている」

「お前みたく、式神を使って監視してるってことか」

「おそらくな。……だが、考えれば考えるほど、どうにも奇妙なんだ……」

森は、親指の爪《つめ》を軽く嚙《か》みながら言った。龍村は、太い眉根《まゆね》を寄せる。

「何がだ」

ともすればエンジン音に消されてしまいそうな抑えた声で、森は言った。

「幼い頃に、俺の術者としての素質を認め、才能を伸ばしてくれたのは父だ。……だが、そのとき、彼はよく言っていた。自分には膨大な知識はあるが、術者としての資質がない。とても残念だ。だからこそ、お前に期待している。自分の持てる知識をすべてお前に伝えよう……と」

「資質が……ない？」

「ああ。確かに彼は霊力を鍛えるための修練の方法を教えてはくれたが、手本は見せてくれなかった。実際に、誰かが術を使うところを見たのは……早川が人生で最初だったな」

「ふーん……いや、おい、ちょっと待てよ！　そりゃおかしいだろう……っとと」

しっ、と唇に指を当ててたしなめられ、龍村は高くなりかけていた声を慌てて潜めた。

「だが、天本よ。お前、この間、河合さんの体を乗っ取った闇《やみ》の妖《あやか》しを操っていたのは、お前の親父《おやじ》さんだと言ったじゃないか。しかも、もしかしたら今だって、式神《しきがみ》を使って僕らを見張っているかもしれないんだろう？」

「だから、奇妙だというんだよ」

眉間《みけん》に縦皺《たてじわ》を刻み、森は陰鬱《いんうつ》な表情で言った。

「母が死ぬ少し前、父は中国《ちゅうごく》の奥地にフィールドワークに行くと言って旅立った。そのときまでは……その、相当に偏執的だったし異常に厳格ではあったが、確かに父は『学者』だった。俺の前で、術を使ったことはなかった。……式神《しきがみ》さえもだ」

「そうなのか？」

「ああ。だが……長い年月を経て、再び俺たちの前に現れた父は……あんな強大な妖《あやか》しを操るほどの力を持っていた。今の父は、あの妖魔《ようま》の司野《しの》に、化け物じみていると言われるほどの存在だ。確かに、今は、父から恐ろしいほどの妖気を感じる。そんなことは……かつてはなかった」

「だが、お前、親父《おやじ》さんのことをずっと恐れてたじゃないか。高校時代だって……」

「妖気に怯《おび》えていたわけじゃない。母があぁだったから、いつも、実質的にただひとりの保護者に見捨てられることが、ひたすらに怖かったんだ。父に無条件に従うこと、期待に応《こた》えること……それを幼い頃に刷り込まれていたんだな」

龍村は、ライオンのような唸《うな》り声《ごえ》を漏らした。

「むむ、なるほど。ということは、その……十年近い空白の時間に、お前の父親に変化が起こったってことか？　それとも、単にずっと力を隠していただけか？」

「どちらとも判断はつかない。……しかし、もし俺が幼い頃にも今のような力を持っていたなら、隠す必要はなかったと思うんだ。口で言うよりは、実例を示したほうが話が早いに決まっている……まして相手が子供なら、なおさらのことだ」

「それもそうだな。ということは、やはりこの十年ほどの間に、親父《おやじ》さんはいきなり術者に変身したってわけか。だが、どうやってだ？　その、中国の奥地かどこかで修行でもしたのか？　中国四千年の秘術とか何とかで」

龍村の冗談をまったく無視して、森は深い溜《た》め息《いき》をついた。

「わからない。……資質がない人間が、あんな強大な妖力《ようりょく》を身につけることができるものなんだろうか。俺にはとても信じられないんだ」

「おいおい。だったら、親父さんの身に、何が起こったってんだ」

「それがわからないから困惑しているんだよ。……昔から、自分が支配したいと思う人間には高圧的な態度をとる人だったが……今の気迫はただものじゃない」

「ふーむ……。そういえば、高校時代に会った親父さんは、厳しくて怖い感じはしたが、よもや相手に刃物を突きつけるような人には見えなかったものな……。琴平君の首にナイフを押し当てているのを見たときは、さすがの僕も肝が冷えたぞ」

「……ああ……」

「そのへんの謎《なぞ》も、和田さんという人に会って話を聞くことで、少しは明らかになるといいんだがな」

「……そう願っているよ。だが、まずは彼に無事に会うことが先決だ」

「違いない」

二人はそれきり口を閉ざした。重い沈黙が、頭上からカーテンのように下りてくる。だが、それが二人を包み込む前に、機内アナウンスが、機体が着陸態勢に入ると告げた。森は無言で立ち上がり、目を覚まして大あくびをしている敏生の隣席に戻った。


出雲空港に到着した三人は、すぐさまターミナルで待っていた赤と白のツートンカラーのタクシーに乗り込んだ。

関係の推測しづらい男の三人連れに興味を覚えたのか、人なつっこそうな運転手は、足立美術館についてあれこれ喋《しゃべ》った。庭園が素晴らしいだの、横山大観《よこやまたいかん》の素晴らしいコレクションがあるだの、茶室でお茶を飲むといいだの、いわゆる観光客が喜びそうな話題を選び、三人の反応を窺《うかが》う。

だが、そうした話につきあうのは助手席の龍村だけで、後部座席に座った森と敏生は、さすがに張り詰めた顔つきで沈黙している。そのうち気まずくなったのか、運転手は黙ってしまい、代わりにAMラジオをかけ始めた。

高速道路を走る車内で、敏生はじっと森の顔を見つめた。窓の外を見ていた森は、視線を感じてゆっくりと首を巡らせる。

大きな鳶色《とびいろ》の瞳《ひとみ》には緊張が漲《みなぎ》っていたが、それでも敏生は、丸みを帯びた頰《ほお》に小さなえくぼを刻んで、森に微笑《ほほえ》みかけた。

（……きっと、大丈夫。ちゃんと会えますよ）

言葉より雄弁に、敏生のぎごちない笑顔がそう語っている。その素朴だが心のこもった励ましに、森は刀のように鋭い黒曜石の瞳を和ませ、瞬《まばた》きで頷《うなず》いた。

ラジオで、男性アナウンサーが読み上げる気の滅入《めい》るようなニュースを聞きながら、森と敏生は、ビニール張りのシートの上で、互いの指先をそっと触れ合わせていた……。

五章　もっと無様なやり方で

　高速道路を下りたタクシーは、山間《やまあい》の道路を走り続け、やがて突然スピードを落とし、側道に入った。

　すると、それまでまさしく「何もなかったところ」に、突然大きな美術館と、土産物屋《みやげものや》併設の巨大な駐車場が現れる。それはどうにも奇妙な光景だった。

「はい、ここです」

　長く続いた沈黙にげんなりした様子の運転手は、美術館の真ん前に車を停《と》め、いささか投げやりな口調でそう言った。

　美術館の筋向かいにある広い駐車場には、観光バスが一台、それに十台ほどの自家用車が停まっているだけだった。飛び石連休の合間の平日、しかも午前中だけに、さほど美術館への来訪者は多くないようだ。

　森《しん》に寄り添って立ち、敏生《としき》は腕時計を見やって言った。

「十時四十三分……もうすぐ約束の時間ですね」

　支払いをすませて車を降りた龍村《たつむら》も、興味深げに辺りの様子を見ながら口を開いた。

「今のところは、お前の親父《おやじ》さんが来る気配はないな。ま、いつもどこからともなく湧《わ》く人だから、油断はできんが。中に入るか？」

　今日は、「あくまでも目立たないように」と森に釘《くぎ》を刺されまくったせいで、派手好みの龍村も、ついぞ見たことがないようなダークグリーンの比較的地味なスーツを着ている。そのせいで、どこか本物の軍人か諜報《ちょうほう》部員のように見えた。

　こちらはお馴染《なじ》みのグレーのスーツをまとった森は、鋭い視線で周囲を見回し、口を開いた。

「小一郎《こいちろう》」

　さすがにこの場で姿を現すことはせず、虚空《こくう》からすぐに答《いら》えがある。

——お呼びでございますか。

　森は、すぐそばにいる敏生と龍村にも聞こえないほどの小声で、忠実な式神《しきがみ》に命じた。

「美術館の周囲に気を配っていろ。お前は何もしなくていい。ただ、何か異変を感じたら、いち早く俺に知らせるんだ」

——異変……でございまするか。

「異変だ。何を意味するかは……わかるな？」

——はッ。

瞬時に羊人形から飛び出したのだろう。三人の頭上で、鳶《とび》に姿を変えた小一郎が、高くひと鳴きしてぐるりと旋回する。ほんの短い間、晴れ渡った青い空を見上げた森は、キッと唇を引き結んで言った。

「よし。……行こう」

そこで三人は、広いエントランスから館内に入った。受付で入場料を支払い、ミュージアムショップを横目に見ながら、広い通路を歩く。やがてたどり着いたロビーの壁面はガラス張りになっていて、そこから広大な庭が臨める。

「うわあ……！」

庭を一目見るなり、敏生は思わず感嘆の声を上げた。

驚くほど広大な枯山水の庭には、手前に白砂が敷き詰められている。その向こうに、美しく刈り込まれた芝の新緑が鮮やかな、ごく低い丘が造られ、丸いカーブを描くように剪《せん》定《てい》されたツツジや、枝振りのいい松、それに見事な巨石がバランスよく配置されていた。

さらに、その向こうには、自然の山々がまるで庭の続きのように見え、遠くの崖《がけ》には、滝まである。ありえないことではあるが、まるでその滝の水が、この庭園まで流れ込んできているように見えるのが見事だった。

「素晴らしいな、こりゃ。遠景まで庭に取り込まれて、まるで向こうの山まで庭園が続いているようだ」

龍村も、ガラスの向こうを見て唸《うな》った。

そんなことに感動している場合ではないのだが、極度に張り詰めた心さえ虜《とりこ》にしてしまうほど、庭園の眺めは素晴らしかった。目に沁《し》みるように鮮やかな新緑が、日の光を浴びて美しく煌《きら》めいている。

だが、庭に目を奪われている龍村と敏生をよそに、森はまっすぐロビーに足を踏み入れた。

館内を歩く人はまばらで、ロビーにもほんの数人がたむろしているだけだった。森は、和田陽平《わだようへい》の姿を求め、そのひとりひとりを見て歩いた。

(……まだ、来ていないか……)

むろん森は和田の顔を知らないが、そこに居合わせた人々は、誰も人を待っている様子ではない。ただ、庭園の見事さに見とれていたり、ベンチで休憩していたりするばかりである。

(本当に、来てくれるだろうか)

ふと、そんな不安が森の胸を過《よぎ》る。

電話越しにもあからさまだった、「天本《あまもと》」という名に対する恐れ。和田とトマス、あるいは小夜子《さよこ》との間に過去に何があったかはまだわからないが、あそこまで怯《おび》えていたからには、土壇場《どたんば》で決心を翻《ひるがえ》さないとも限らないだろう。

「……信じて待つしかないか」

そうひとりごち、森はベンチに腰を下ろした。しばらく庭に見とれていた龍村と敏生も、森の前にやってくる。

「もう、約束の時刻を過ぎたな」

龍村は、腕時計を見てそう言った。森は陽光の降り注ぐロビーに似つかわしくない沈んだ面持ちで、ボソリと言った。

「無駄足になる可能性は、最初から覚悟していたさ」

敏生は、森の隣にちょこんと腰掛け、心配そうに森の顔色を窺《うかが》った。

「……もし、和田さんが来なかったらどうするんですか？」

「ここを見物して帰るしかないな。さっき、タクシーの運転手も言っていただろう。横山《よこやま》大観《たいかん》のコレクションや、魯山人《ろさんじん》の陶芸作品があるらしいぞ。君には願ったりかなったりの場所だろう」

「そ、そうじゃなくて！」

「わかってる……。辛抱強く、説得を続けるしかないだろうな。手紙なり、電話なり。時間はかかるだろうが、仕方ない。……もしこちらが焦《あせ》って自宅に押しかけたりすれば、そのまま行方をくらましかねない雰囲気だった」

「そうですよね……。来てくれるといいんだけど」

「ああ」

あまり期待しすぎないようにしようと自分に言い聞かせているのか、森は沈んだ面持ちで頷《うなず》く。敏生もそれ以上、そんな森に言葉がかけられず、黙ってしまった。待ち人にプレッシャーをかけないようにという配慮なのだろう、龍村はガラスの前に立ち、庭を眺めている。

美術館だけに、通り過ぎる人々の足音も喋《しゃべ》り声《ごえ》も密《ひそ》やかで、ロビーは静寂に包まれていた。遥《はる》か遠くの滝から落ちる水音さえ、聞こえてきそうな気がする。庭の風景と相まって、時間の経過は普段よりずっとゆっくりに感じられた。

そのまま、永遠とも思われる三十分が過ぎ……。

そして、ついにひとりの男がロビーに姿を現した。

存在を知ったのすらつい最近で、容姿など知るよしもないはずなのに、それが和田だと森にはすぐにわかった。

中肉中背で、体格にはこれといった特徴のない初老の男性。短く刈り込んだ髪は半分ほど白くなっており、いかにも着古した感じのブレザーを羽織っている。

町中でよく見かけるタイプの、どこもかしこもくたびれた雰囲気のその男と何げなく目が合った瞬間、森は弾《はじ》かれたように立ち上がった。敏生はビックリして、そんな森を見上げる。龍村も、森の動きに気づき、振り返った。

顔色の悪い、どちらかといえば陰気な顔立ちの中で、目だけが異様に目立っていた。力を失い、垂れかかった上瞼《うわまぶた》に半ば隠されつつも、切れ長のその双眸《そうぼう》だけは、強い光を放っている。

その光こそ、古い写真の中で微笑《ほほえ》んでいた小夜子と同じ……ひいては、森と同じものだったのだ。

呆然《ぼうぜん》とした表情で自分を見ている森に気づいたのか、男もまっすぐに森のもとに歩み寄ってきた。何故《なぜ》か身動きすることすら躊躇《ためら》われ、敏生は座ったまま固唾《かたず》を呑《の》んで、向かい合う森と男を凝視している。

「和田さん……ですね」

ただ確認だけのために、森はそう言った。男は頷《うなず》き、どこか惚《ほう》けたような顔つきで、頭半分長身の森の顔を見上げる。

「来てくださってありがとうございました。その……」

森もまた、まじまじと相手の……和田陽平の顔を見つめた。この二日間、いろいろと相手の気持ちを和らげる挨拶《あいさつ》を考え続けてきたのに、今、和田の顔を目の当《ま》たりにして、そんなものはすべてどこかへ吹っ飛んでしまっていた。それほどに、森は大きな衝撃を受けていたのだ。

「和田さん。あなたはもしや……」

掠《かす》れた森の問いかけには答えず、和田は信じられないものを見たような顔をして、両手を挙げた。震えるその手で、森の顔にこわごわ触れる。他人に触れられることに慣れていない森はギョッとした様子だったが、それでも身を引こうとはしなかった。

「……目だ……」

「え？」

森の目をじっと見つめ、和田は唇を震わせ、言葉を吐き出した。

「間違いない。……小夜子の息子だ。小夜子の目だ」

「……あなたは……もしや、母の……？」

森の声も、微《かす》かに震えを帯びている。和田は森から手を離し、六十歳という実年齢よりずっと年老いて見える顔に、複雑な笑みを浮かべた。それはほとんど、泣き顔といってもいいほどの、苦しげな笑顔だった。

「俺は、あんたの伯父《おじ》だよ。……小夜子の、兄だ」

「母の……お兄さん……⁉」

（この人が……天本さんの伯父さん！）

敏生は、ただもうひたすら驚いて、森と和田の顔を見くらべた。父親のトマスから顔の造作のほとんどを受け継いだ森だけに、純粋に日本人の顔をした和田とは、目以外に似通ったところはない。それでも、どこか雰囲気に相通ずるものがあるような気がした。

「遅くなってすまなかった。……なかなか、踏ん切りがつかなくてな。でも、来てよかったよ。……あんたは確かに、小夜子の子だ。確信が持てた」

「…………」

初めて会った両親以外の「親族」に、森はしばらく何も言えず、その場で硬直していた。だが、ハッと我に返り、敏生と龍村を見た。

「こちらが……俺の助手です。琴平《ことひら》敏生といいます。そしてあちらが、古くからの友人、龍村泰彦《やすひこ》。どちらも父に会ったことがあります」

和田は、首を巡らせ、敏生を、そして龍村を見た。ようやく金縛りが解けたように敏生は立ち上がり、和田にぺこりと頭を下げた。

「琴平です。あの……僕がこんなこと言うの変ですけど、天本さんの伯父《おじ》さんにお会いできて……ええと、凄《すご》く嬉《うれ》しいです。あ、えっと、すみません、僕……」

喜びがつい素直な言葉になってしまったのだろう。だが、森と敏生の関係を知らない和田は、当惑した顔をする。敏生は顔を赤くして、小さな体をさらに小さくした。

龍村は、森の傍《かたわ》らに立って慇懃《いんぎん》に礼をし、キビキビと自己紹介をした。

「初めまして。天本の高校時代からの友人で、龍村と申します。神戸《こうべ》で医者をしています。……本日は、足をお運びいただいて、僕からもお礼申し上げます。……お邪魔にならないようにしますので、こちらの琴平君と、お話をそばで聞かせていただいてよろしいですか？」

　さすがに隙《すき》のない社会人らしい挨拶《あいさつ》に、和田もようやく気を落ち着けたらしい。躊躇《ためら》ったあとに、小さく頷《うなず》いた。龍村は、嫌味なく森に助け船を出す。

「では、とにかくまず、お座りになりませんか。天本、お前は隣に。僕と琴平君は、ベンチの脇《わき》に立って聞かせてもらうよ。……そのほうが、ささやかながらも目隠しになるだろうしな」

　そんなわけで、四人はそれぞれの位置に落ち着き、どうにか話のできる環境が調った。

　森はまだ少し動揺が残っているらしく、いつもの彼らしくない乱れた口調で口を開いた。

「母に……母に、お兄さんがいたなんて、少しも知りませんでした。では、天本というのは、母の名字ではなかったんですか？　俺はてっきり……」

「小夜子の旧姓は和田だ。天本は、日本に帰化したとき、自分で考えた名だとトマスは言っていた」

「……そんなことすら、今初めて知りました」

「そうらしいな。あの男は、余計なことは一切、あんたに教えんかったとみえる」

　森と並んで腰掛けた和田は、窓の向こうに広がる庭園を眺め、小さく嘆息した。

　それからしばらく、和田はじっと黙り込んでいた。それが互いに落ち着きを取り戻すのに必要な時間だと感じた森も、無言でじっと待った。静かでありながら、どこか優しい雰囲気のする庭園を見ているうちに、徐々に心が静まってくる。

「どこから話せばいい」

和田は、嗄《しわが》れてはいるが幾分穏やかな声でそう言った。相変わらず、視線は庭に向いたままだ。森は、そんな和田の疲れ果てた顔を見て、抑えた声で言った。

「どこからでも。……あなたのご存じのことを、俺はおそらくまったく知りません。ですから、何でも聞かせてください。母のことを……そして、父のことも」

和田は何度も小さく頷《うなず》き、そしてこう言った。

「高知県《こうちけん》N村を知っているか」

その耳慣れない村名に、森は首を傾《かし》げた。

「いえ。そこが何か？」

「俺と小夜子が生まれた場所だ。N村の、山間《やまあい》の小さな集落で、俺たちは育った。四国《しこく》の山村には珍しくもない、平家《へいけ》の落人《おちうど》が作った集落の一つだ。あの男に育てられたからには、あんた、そういったことには詳しいんだろう？」

和田は、そこでようやく森を見た。森は黙って頷く。和田は小さく肩を揺すった。

「今はあの辺りもかなり拓《ひら》けたようだが、昔は本当に周囲から孤立した寂しい集落だった。俺は小さな小夜子の手を引いて山道を延々歩き、学校まで連れてったもんだ。俺たちは二人きりの兄妹で、俺が中学三年のとき、親父《おやじ》は山で事故に遭って死んだ」

「事故？」

「ひとりで伐採に出かけて、足を滑らせたんだろうな。崖《がけ》から落ちたんだ。酷《むご》い死《し》に様《ざま》だった。俺は中学を卒業してすぐ、親父の代わりに山に入って、お袋と小夜子を養わなきゃならんかった。小夜子は俺より十一歳年下だから、親父が死んだとき、まだ三つ四つだった。だからあいつは、親父の顔を覚えていないと言っていた。……だが、親父の死を最初に俺たちに告げたのは、その小夜子だったんだ」

森は眉《まゆ》を顰《ひそ》め、問い返した。

「どういうことです？　そんなに幼い女の子が、父親と一緒に山に入っていたとでも？」

「まさか。小夜子は家にいた。親父の帰りが遅くて、お袋と俺が心配していたとき……それまでおとなしく絵本を読んでいた小夜子が、急に泣き出したんだ。どうしたのかと訊《き》いたら、あいつは泣きじゃくりながら言った。……お父ちゃんが今、いなくなった……と」

「いなくなった？　……あ、すみません」

黙って聞いているつもりだった敏生だが、その言葉に思わず驚きの声を上げてしまう。慌てて口を押さえた敏生には構わず、和田は淡々と喋《しゃべ》り続《つづ》けた。

「あとで、親父の死体を診た医者が言った死亡推定時刻は、小夜子が泣き出した時刻だった……。それが、あいつのはっきりした『目覚め』だったんだ」

森はハッと目を見開いた。

「目覚め……それは、もしや母が、何らかの特殊能力……超能力のようなものを発揮し始めたということですか？」

和田は頷《うなず》く代わりに、暗い色をした目を伏せた。

「平家の落人《おちうど》って奴《やつ》らには、陰陽道《おんみょうどう》やら何やらのまじないに長《た》けた奴が多かったらしいな。その子孫の俺たちには、ごくたまに……何と言えばいいんだ、不思議な力を持つ者が生まれる。身内で結婚を繰り返して、血が濃くなったせいかもしれんが」

森の瞳《ひとみ》には、いつもの怜悧《れいり》な光が戻っていた。彼は、探るように和田を見て訊《たず》ねた。

「確か……同じ高知県の物部村《ものべむら》には、いざなぎ流という呪術《じゅじゅつ》の一種が残っているそうですね。それと同じようなものですか？　つまり、術者……呪《のろ》いやまじないを司《つかさど》る人間という意味で？」

「そんなおどろおどろしいもんじゃない。誓って言うが、小夜子は人を呪ったことなんぞただの一度もない。ただ、遠くのものが手に取るように見えることがあったり、近い未来に起こることが頭に浮かんだりするだけだ。昔からそういう奴は、『遠見《とおみ》』と呼ばれていた。……聞けば、親父《おやじ》の祖母《そぼ》がそういう力を持っていたらしい。小夜子は、そんな血を受け継いだんだろう。もっと小さい頃から、集落でもうすぐ何某《なにがし》が死ぬと突拍子もないことを言って、それが的中することがたまにあった。生まれながらに、『遠見』の才を持っていたんだろうな」

「遠見《とおみ》……。母に、そんな力が……」

和田は忌々《いまいま》しげに言った。

「べつに、そんな力があったからどうだってわけじゃない。ただ、村に災害が起こりそうだったり、誰かが災難に遭ったりしたときに、いち早くわかって重宝だというだけだ。いや、そりゃ、確かに集落じゃ小夜子は頼りにされた。台風は来るか、稲に害虫がつくか、そんなことを皆、小夜子に言い当ててもらいたがったからな」

「母は……予言者のように扱われていたのですか？」

「それほど大袈裟《おおげさ》なものじゃないが、まあ、そうだ。だが、いつも未来が見えるわけじゃない。ときどきちらっと頭を過《よぎ》るだけだって小夜子は言ってた。……しかも、『遠見』は自分のことだけは何も見ることができない。そうでなけりゃ……もし、自分の将来を見ることができたら、小夜子も俺も、あんな奴《やつ》を助けたりはしなかっただろうさ！」

和田の節くれ立った手が、膝頭《ひざがしら》を握りしめる。森はそっと問いかけた。

「あんな奴とは……父のことですか」

龍村と敏生も、森の傍《かたわ》らに立ち、じっと耳をそばだてる。和田は、苛立《いらだ》たしそうに言葉を継いだ。

「小夜子が十六のときだった。ある夜、小夜子は怪我《けが》をした外国人の姿が見えると言ったんだ。それで俺は、懐中電灯を持って小夜子と一緒に山へ行き……道の脇《わき》で、あの男を……トマス・アマモトを見つけた……！」

トマスの名を口にした途端、和田の声は激しく乱れた。龍村が、素早く和田の背後に回り、その肩に肉厚の手を置く。それでどうにか落ち着いたのだろう、和田は一度は跳ね上がった声を抑え、話を再開した。

「奴《やつ》は……左足に酷《ひど》い怪我《けが》をしていた。近くに宿なんかない。俺は仕方なくあいつを背負って、家に連れて帰った。……奴は、大学で民俗学を研究している学者だと言った。フィールドワークとやらの途中で、崖《がけ》から足を滑らせてしまったんだと。隣の集落から医者に来てもらって診せたら、骨は折れてないが、靭帯《じんたい》がいかれていると言った。それであいつは、怪我が治って歩けるようになるまで、うちにいたんだ。崖から落ちたってことで、顔も覚えていない父親の姿をダブらせたんだろうな。小夜子は、そりゃあ親身になってあいつの世話を焼いた」

「その間に……父と母は？」

「そうだ。集落には、滅多《めった》によそ者は来ない。小夜子にとっちゃ、初めて見るイギリス人で、しかも若くて男前だってのに、頭のいい学者だ。勉強が好きだった小夜子が、あいつの話術に引き込まれるまでには、そう時間がかからなかった。……あの野郎、あのときまでは、いかにもイギリス紳士ってふうに振る舞ってやがった。俺とお袋に、小夜子を嫁にくれと言ったあの夜まではな！」

荒い息とともに、和田はそう吐き捨てた。龍村は、そんな和田の背中を穏やかに撫《な》でてやる。森は、龍村に感謝の眼差《まなざ》しをちらと向けてから、問いを重ねた。

「父と母は……その、愛し合っていたのですか？」

「小夜子は、トマスの野郎に心酔してた。小さな集落から連れ出して、外の世界を見せてくれる人だ……そんなふうに俺に言ったもんだ。トマスのほうも、命の恩人である小夜子を愛していると言った。だから嫁にくれと。……だが、俺もお袋も断った」

「何故《なぜ》……ですか？」

躊躇《ためら》いつつも訊《たず》ねた森を、和田はキッと睨《にら》みつけた。

「何故だ？　決まってるだろう。小夜子はまだ十六だったんだぞ。初恋にのぼせ上がっていただけに決まってる。それに……今の世ならともかく、昔の、それも田舎の小さな村だ。国際結婚なんて、とんでもないことだった」

「なるほど。それで……？」

「小夜子は泣きながら部屋にこもってしまった。俺とお袋は、トマスに出ていってくれと言った。妹に邪《よこしま》な感情を持ってるとわかった以上、うちに置くわけにはいかないと言ったんだ。……あいつは夜のうちに出ていった……小夜子を連れて」

（それって……駆け落ちってこと？）

そんな敏生の心の声を読んだかのように、和田は色の悪い唇を歪《ゆが》めて笑った。

「いわゆる駆け落ちって奴《やつ》だ。小夜子はおとなしい娘だったから、まさかそこまでのことをするとは、俺もお袋も思っちゃいなかった。夜明け前に気づいて捜し回ったが、もう見つからなかった……。小さな集落のことだ、駆け落ちのことはすぐに知れ渡った。しかも集落にとっては重宝だった『遠見《とおみ》』が駆け落ちしたとなっちゃ、皆の目は冷たい。……俺とお袋は、集落を出るしかなかった」

「それで、米子《よなご》に？」

「お袋の妹が米子に嫁いでたんだ。だが、その叔母《おば》にも、駆け落ちの話は伝わってた。嫁ぎ先に気兼ねして、俺たちと関《かか》わり合《あ》いになりたがらなかったよ。ただ、俺たちのために、アパートだけは借りてくれた。俺は日雇いの仕事でしばらく食いつないだあと、ようやくタクシー運転手の職に就けた。……お袋と二人、食っていくだけで必死で、小夜子の行方を捜す余裕はなかった。ところが……一年ほど経《た》って、小夜子が居場所を知らせてきた。うちに出した手紙が、米子まで転送されてきたんだ」

小夜子からの手紙には、トマスと所帯を持ったこと、子供が生まれたことが書かれていた。そして、兄と母親に是非生まれた子供を見に来てほしいと、現金まで同封されていた。

そこで和田は母親を連れて、手紙に書かれた住所を頼りに神戸へ向かったのだ。

「小夜子に会うまでは、いろいろ考えた。恨み言の一つも言いたい、叱《しか》りつけてやりたい、でも元気でよかったとも言いたい、とにかくまずは強引にでもトマスから引き離して、米子へ連れて帰ろう……そんなことをな」

思い出を辿《たど》るように、和田は鋭い目を細めた。

「だが、まず家を見てぶったまげたよ。見たこともない大きな立派な家だった。そして……小夜子を見て、また腰が抜けた。たった一年だ。たった一年で、あいつはすっかり変わってしまっていた。お下げ髪の田舎娘が、すっかり垢抜《あかぬ》けて……流行《はやり》の髪型に流行の服を着て、綺麗《きれい》に化粧して俺たちを出迎えた。腕には女の赤ん坊を抱いてな。それが従子《よりこ》だった」

森はスーツの内ポケットを探り、和田がかつてトマスに送った手紙を取り出した。封筒の中から、写真を抜き出して和田に手渡す。

「そのとき撮影されたのが、この写真ですか？　あなたが父にお送りになった手紙に、これが入っていました」

「ああ……これだ」

和田は、呻《うめ》くように言って、写真に見入った。懐《なつ》かしげに、亡《な》き妹の姿を指で辿《たど》る。

「小夜子は、誇らしげに赤ん坊を俺とお袋に見せた。……見たことがないほど、可愛《かわい》らしい赤ん坊だったよ。今でこそ珍しくもないんだろうが、混血の赤ん坊なんて初めて見たからな。これが天使って奴《やつ》かと思った」

そしてほどなく仕事から戻ったトマスも、駆け落ちの件を二人に詫《わ》び、小夜子のことを大切にすると約束した。

和田と母親は、小夜子の幸せそうな様子と従子の愛らしさに、小夜子を連れ戻すことを断念せざるを得なかったのだという。

「早すぎる結婚だったが……小夜子が、大切な妹が幸せになるなら、仕方がないと思った。村では、『遠見《とおみ》』として皆の役に立たにゃならんとひとりで頑張っていた小夜子が、普通の娘の幸せをそこで手に入れられるならと。……ただし、手放しで祝福してやる気にはなれなかった。村を出てから、俺とお袋にはつらいことしかなかったからな。俺だって意固地になってた。だから俺は、絶縁を宣言して、お袋を連れて米子に帰ったんだ。写真も、わざと亭主宛《あて》に送った。今思えば、つまらん意地を張ったもんだ」

肩を竦《すく》め、和田は森に写真を返した。

「そう……だったんですか。それで、母とは……？」

「俺から会いに行きはしなかった。小夜子からは毎年年賀状が来たが、俺は出さなかった。……二年後に、お袋が心筋梗塞《しんきんこうそく》で死んだ。そのときだけは、さすがに俺から連絡してやった。トマスは仕事だとかで、小夜子だけが葬儀に来た。身重だったよ。……ちょうど、あんたが腹の中にいたってわけだ」

和田はそう言って、しみじみと森の顔を見た。

「とっとと追い返してやろうと思ったが、母親の遺影の前で泣いて詫《わ》びるあいつを見ていたら、そんな酷なことはできなくてな。通夜《つや》の席で、兄妹二人で久しぶりにゆっくり話をした。今にして思えば、あのとき、もっと俺が親身になっていてやれば……」

和田は、悔しげに唇を嚙《か》んで、久しぶりに兄妹が再会した夜のことを森たちに語った。

小夜子は相変わらず美しかったが、どこか疲れて見えた。和田はそれを、身重であるからだと考えて、さほど気にしなかったのだという。

小夜子は母の死期を早めたのは自分だと己を責め、そして不安めいたことを口にした。

――お兄ちゃん。私ね、うちの人と里を出たときに、ああこれで私、もう「遠見《とおみ》」じゃなくていいんだ、災難を見逃さないように気を張ってなくていいんだって思ったの。だけど……うちの人が私をお嫁に貰《もら》ってくれたのは、私が「遠見」だからなのかもしれない。

どういうことだと訊《たず》ねる兄に、小夜子は寂しげに笑って、膨らんだお腹《なか》を撫《な》でて言った。

――あの人ね、ほら、いろんな国の魔術とかおまじないとか、そういうものを一生懸命研究しているの。だから、自分も霊感の鋭い子供がほしいんですって。変でしょう。従子は普通の子だからつまらない、せっかく「遠見《とおみ》」のお前を妻にしたのだから、今度こそ素晴らしい子を産んでくれ、って言うの。学者さんの考えることは、私にはちっともわからない。

母親を亡《な》くし、意気消沈していた和田は、そんな妹の愚痴に、まともに取り合おうとはしなかった。丈夫な子であればいいじゃないかと言う兄に、小夜子は微笑《ほほえ》んで頷《うなず》いた。

――私もそう思ってる。何だか、この子は男の子のような気がするの。だから、名前は「森」にしようと思うのよ。勝手な奴《やつ》だってお兄ちゃんは怒るかもしれないけど、最近、里の山が凄《すご》く懐《なつ》かしいの。生まれてくるこの子にも……いつか私たちの故郷を見せてあげたいわ。

その発言が酷《ひど》く自分勝手なものに思われ、不機嫌になった和田は、それきりろくに口をきかなかった。兄妹は、気まずく別れたのだという。

「……それが、正気の小夜子に会った最後だった」

和田は重々しく言った。いよいよ話が核心に差しかかったのを察し、三人の表情は自然と引きしまる。

「酷く取り乱した小夜子から電話がかかってきたのは、それからまた二年近く経《た》った頃のことだった。仕事から帰ってきて、さて寝ようかと思っていたときだったから、俺は機嫌が悪かった。だが、そんなことはお構いなしに、小夜子は泣きながら訴えたよ。もう駄目だと」

「……駄目……？」

「ああ。いきなり、森を殺さないと従子が殺される、でも森を殺しても、従子も駄目かもしれない。ああ、あんな子を産まなければよかった。森が生まれたせいで、あの人にとって、従子が要らない子になってしまった……そんなことを泣きながら訴えるんだ。俺にはわけがわからなかった」

「それは……」

森の顔からみるみる血の気が引いていく。彼の脳裏には、死の直前、錯乱状態に陥って自分を殺そうとした母親の、幽鬼のような形相と声が蘇《よみがえ》っていた。

――お前は生まれるべきではなかったのよ。……あの人は私を愛していると……信じて……そして私は悪魔の子を産んでしまった……！

「森はまだこんなに小さいのに、普通じゃない。恐ろしい。それを喜ぶトマスも恐ろしい。でもどちらも私の大切な家族。トマスは私の愛する夫で、森は私の愛すべき息子。私はどうしたらいいの……小夜子はそうも言った」

――消えるのよ……お前は存在してはいけない子……。

（あのとき、母さんは俺の首を絞めながら、俺を「罪の子」と呼んだ……）

実の母親に命を奪われかけた記憶がありありと蘇《よみがえ》り、森の背中に冷たい汗が伝った。無意識に首に触れた左手が、細かく震えている。

「……天本さん……」

敏生はたまりかねて、ベンチの脇《わき》にしゃがみ込んだ。膝《ひざ》の上で固く握りしめられた森の右手に、自分の温かな手を重ねる。和田も、森の変調に気づいたのだろう、申し訳なさそうな顔をした。

「すまん。あんたにゃ嫌な話だな」

だが森は、ゆるゆるとかぶりを振り、嘔吐《おうと》を堪《こら》えるような声音で言った。

「いいえ。……どうか続きを聞かせてください」

和田は痛ましげに森を見たが、小さく頷《うなず》いて話を続けた。

「思えば、小夜子はもうそのときずいぶんと心を病んでいたんだろうな。泣きじゃくっていたかと思うと、急に……まるで駆け落ちする前の小娘のような無邪気な口調で、お兄ちゃん、従子を貰《もら》ってくれない？　そうしたら私、安心できるのに、従子もきっと死なずにすむのに……なんて言うんだ。俺は、面食らったと同時に無性に腹が立って……きっと旦那《だんな》とけんかしてヒステリーを起こしているんだろう、何て自分勝手で我《わ》が儘《まま》ばかりの母親だと思ったんだ。仕事上がりで、クタクタだったせいもある。……それで、頭を冷やせと言って、電話を叩《たた》き切《き》って寝てしまった」

和田は背中を丸め、両手で顔を覆って呻《うめ》くように言った。

「小夜子は、たったひとりの兄貴に必死で助けを求めていたのに……俺はそれに気づいてやれなかった。それから半年……何の連絡もなかった。仲直りしたんだろうと、俺は高をくくっていた。……ある日、トマスから電話があった。従子が死んだ。そして小夜子が心の病気になったと。あいつは電報でも読み上げるみたいにあっさりそう言って、電話を切った。……俺はそのときになって初めて、あのときの小夜子の電話が、ヒステリーでも我《わ》が儘《まま》でもなかったんだと気がついた。飛んでいったよ。……だが、もう何もかも手遅れだったんだ……」

天本家に駆けつけた和田が見たものは、小さな骨壺《こつつぼ》に収められた従子の遺骨、何もわからず無邪気に振る舞っている幼い森、そしてそんな息子がじゃれついても、構ってもらえなくて泣いても、もはや指一本動かしもしない、心を固く閉ざしてしまった小夜子だった。

広いヨーロッパ風の居間の片隅に座した小夜子は、久しぶりに訪れた兄の顔すら見ようとしなかった。少し痩《や》せたその顔は人間離れして美しかったが、蠟人形《ろうにんぎょう》じみて青ざめ、虚《うつ》ろだった。

「貴様……！　妹に何をした！　従子は何故《なぜ》死んだッ！」

動揺のあまり、和田はトマスの襟首を絞め上げた。するとトマスは、うんざりした顔で和田を睨《ね》めつけた。

それが、トマスの和田に対する態度が豹変《ひょうへん》した瞬間だった。

「電話で申し上げたはずです。従子は、わたしと小夜子が見ている前で、階段から落ちて死んだ。それだけでも繊細な小夜子には衝撃だったのに、医者が警察に連絡などしたものだから、我々は虐待を疑われ、従子は司法解剖までされたんですよ。……野蛮で残酷な行為だ。母親である小夜子が心を病んで、何の不思議があるんです」

言葉を投げつけるように言って、トマスは和田の手を振《ふ》り解《ほど》いた。西洋人にしては、比較的小柄で痩《や》せぎすなトマスである。それなのに、軽く手首を捻《ひね》ったと思った次の瞬間、和田はあっという間に絨毯《じゅうたん》の上に転がっていた。

倒れた拍子に強く腰を打ち、和田は床に這《は》いつくばって呻《うめ》く。そんな彼を氷のように冷ややかな眼差《まなざ》しで見下ろし、トマスはにこりともせず言った。

「愛する娘を失い、最愛の妻がこうなってしまって、わたしも深い悲しみの中にあるのですよ、お義兄《にい》さん」

それはまるで、舞台俳優が愁嘆場で口にするような、大仰で空々しい台詞《せりふ》に聞こえた。

和田は毛足の長い絨毯に両手をつき、怒鳴った。

「嘘《うそ》だ！　半年前、小夜子は俺に電話してきたんだ！　あんときはわからなかったが、小夜子は妙なことを言っていた。森が生まれたせいで、従子はあんたにとって必要でなくなったと。森は普通じゃないとも言ってた。小夜子は、酷《ひど》く怯《おび》えてたんだぞ！　あんた、まさか従子を……！」

トマスは傲然《ごうぜん》と腕組みして立ち、嘲《あざけ》るような笑みを浮かべた。それは、愛娘《まなむすめ》を失った父親ではなく、野望に満ちた冷酷な男の顔だった。

「そんな義理はないが、警察にしたのと同じ説明をしてやってもいい。……わたしが久しぶりに研究室から戻ると、小夜子は留守だった。森だけを連れて、買い物に行っていたんだ。従子は二階の子供部屋で、おとなしく留守番していた。それでわたしは、久しぶりに従子の遊び相手をしてやることにした」

遊び相手という言葉をことさらに強調して、トマスは嘘《うそ》くさく聞こえるほど流暢《りゅうちょう》な日本語で話を続けた。

「従子に本を読んでやっていると、玄関の扉が開く音がした。わたしは妻を出迎えるために、従子の手を引いて部屋を出た。二階の通路からお帰りと声をかけると、小夜子はわたしと従子のほうを見上げた。途端に、彼女は急にヒステリックに従子の名を呼んでね。わたしがギクリとするほどの大声で、こっちに来いと叫んだよ」

「……それで……？」

「可哀相《かわいそう》に、従子は泣きそうになりながら、それでも素直に母親のもとに駆け寄ろうとして……そして、階段から落ちた。首の骨を折って、ほとんど即死だったそうだ。小夜子はここのところ、少々情緒不安定でね。そこへもってきて、こんなことは言いたくないが、結果的に自分が娘を殺したようなものだ。今のようになってしまったのは、無理もないことだよ」

「なんて……こった……」

和田は首を巡らせた。夫と兄が険悪な雰囲気になっているのもまったく感じていない様子で、淡い水色のワンピースをまとった小夜子は、ピクリとも動かず窓際《まどぎわ》の椅子《いす》に座り続けている。その目は、窓の外遠く……どこか人の目には見えない遠い世界を見ているように、大きく見開かれていた。

「……小夜子……」

和田は絨毯《じゅうたん》の上を這《は》うようにして、小夜子の前まで行った。自分を見ないどころか、声すら届いていない様子の妹の前に跪《ひざまず》き、冷えきった両手をそっと握る。

「小夜子、お前どうしちまッ……うあぁッ！」

だが、途端に和田は雷に打たれたような衝撃に襲われ、体をのけぞらせた。全身に激痛が走り、網膜が真っ白にスパークする。

その真っ白なスクリーンに、ごく短い映像が、それこそフラッシュのように浮かび上がった。それが小夜子の体内に残された彼女の記憶だと気づいた瞬間、和田は新たなショックを受けた。

二階廊下の、木製の柵《さく》の間から見下ろす幼い少女……従子が見えた。

母親に大声で呼ばれたことに驚いたのだろう。笑顔だった従子は、たちまち泣きべそをかき、それでも母親のもとに駆け寄ろうとする。そのシーンが、まるで紙芝居のように断片的に、和田の視界に去来した。

（これは……小夜子が俺に伝えたいことなのか……！　心を閉ざしてもなお、どうしても俺に……！）

そう悟った和田は、手探りで小夜子の手をいっそう強く握りしめ、あっという間に過ぎていく映像を見逃すまいと意識を集中させる。

従子は、廊下をパタパタと走って、階段を駆け下りようとする。そのとき……。

背後に立ったトマスの手が、情け容赦なく、従子の背中を押した。

あっと驚いて口を大きく開いたまま、小さな体は宙を飛び……そして階段に叩《たた》きつけられた。ゴムまりのように、何度も階段をバウンドしながらなすすべなく落ちていった従子は、そのまま絨毯《じゅうたん》の上に倒れ、ピクリとも動かなくなった……。

（これは……これは……ッ！）

映像とともに、小夜子の、胸が張り裂けんばかりの悲しみと驚き、憤《いきどお》り……そして自責の念が和田の体内に流れ込んでくる。

（小夜子……お前、壊れた心で、これだけは俺に教えたかったんだな！　わかった、わかったぞ！）

彼女の言葉を信じてやらなかったことを詫《わ》びたい、真実をきちんと受け取ったと伝えたい。和田は狂おしく小夜子の手に縋《すが》った。だがその体は、トマスの手によって乱暴に引きはがされた。視覚が正常に戻ったとき、和田は絨毯《じゅうたん》に尻餅《しりもち》をついており、正面には、腕組みしたトマスが険しい顔で立っていた。小夜子は、あれほどの激情を内に秘めているとは思えないほど空虚な表情で、やはり窓の外を向いたままだ。

「貴様が……貴様が従子をッ！　お、お、俺は見たぞ！」

和田は弾《はじ》かれたように立ち上がり、再びトマスに詰め寄った。

「い、今っ……小夜子が見せてくれたぞ、ほ、ほ、本当にあったことを……」

「ほう。本当にあったこととは？」

トマスは、今にも殴りかからんばかりの和田を見て、ニヤニヤと底意地悪く笑っているばかりである。和田は、はらわたが煮えくり返る思いで怒鳴った。

「従子は階段から落ちたんじゃない！　あんたが突き落としたんだ！　……何故《なぜ》だ……何故、実の娘を殺すようなことを……！　何故、従子が要らないなんて……」

「簡単なことだ。この子がいるからですよ。……おいで」

トマスは微笑して片手を差し伸べた。すると、扉の陰でずっと様子を窺《うかが》っていた小さな子供……森が、よちよちとまだ危なっかしい足取りで歩み寄ってきて、父の手にしっかりと縋《すが》りついた。大声を張り上げる和田が怖いのか、泣きそうな顔をしている。

従子よりさらに白人の血を濃く受け継いだらしく、幼いながらに、森は大人びた顔立ちをしていた。ただ、その黒い髪と切れ長の目だけが、奇妙に東洋的な雰囲気を醸《かも》し出している。

「森……」

和田の掠《かす》れた呼びかけに、森はいっそう怖がって、父親の背中に隠れるようにした。トマスは、そんな森の頭を優しく撫《な》でて言った。

「この子こそ、わたしの自慢の息子ですよ、お義兄《にい》さん。小夜子の『遠見《とおみ》』の才を受け継いだ。もっとも、予知力や遠隔視力自体はまだそう強くないようですが、とにかく勘が冴《さ》えている。……これが、わたしのほしかった『血』です。小夜子はよくやってくれた」

「き……貴様……！」

「この子はまだ二歳だというのに、素晴らしい才能を発揮しつつありますよ。さあ森、お前の伯父《おじ》さんにご挨拶《あいさつ》するんだ。小さな紳士らしく堂々とね」

「…………」

血走った目で自分を見据える「伯父さん」に、半泣きの顔をしながらも、幼い子供は父の言いつけに素直に従った。父の手を握りしめたままで、どうにか一歩前に出る。

「こんにちは、ぼく、ええと、しん……です」

たどたどしいながらもしっかりした挨拶《あいさつ》をして、ぺこりと頭を下げる。普段なら愛らしい、心和む仕草だったが、そのときの和田には、幼い甥《おい》が、まるで父親の操り人形のように見えた。

「よくできた。それでこそわたしのルシファーだ。……さあ、伯父《おじ》さんに、もう一つお前の得意なことをやってみせてあげなさい」

「……えー……」

森は、幼いながら賢そうな顔に、後込《しりご》みの表情を浮かべた。だがトマスは、急に厳しい顔で息子に言った。

「できないのかい？　お前もわたしを失望させるのかね、ルシファー。わたしは、誇りに思える子供しか必要ではないのだよ」

「う……ぼく……パパ……」

難解な言葉のすべては理解できなくても、ニュアンスは理解できるのだろう。森の黒い瞳《ひとみ》に、みるみる涙が盛り上がる。和田は、怒りのあまり、両の拳《こぶし》を握りしめて声を荒らげた。

「……あんた……こんな小さな子供に何てことを言うんだ！　それじゃまるで、脅迫じゃないか！」

「しつけと言ってほしいですね。わたしは幼い子供だからといって、手加減はしない。それがわたしの教育方針だ。さあ、森。……できるね？」

ピシャリと言い返して、トマスは重ねて息子を促した。森はようやく、小さな手を父親の手から離し、ごしごしと手で涙を拭《ふ》いた。そして、涙に濡《ぬ》れたままの両手の指を組み合わせた。

いったい何をする気かと、和田も憤《いきどお》りをいったん抑え、じっと森を見守る。

だが次の瞬間、和田はヒッと喉《のど》を鳴らした。幼子が、よろめきながらも自力で立ち、握った拳《こぶし》を和田に向けたのだ。

「な……何をさせる気だ、この子にッ」

森は、小さな口を開いて何度も深呼吸したと思うと、まだきちんと呂律《ろれつ》が回っていないながらも、真言《しんごん》を口にした。

「なうまく・さまんだ・ば……ばさらだん・かん！」

「うわああッ！」

可愛《かわい》らしいが銀の鈴のように凛《りん》とした声が響くなり、和田はまたしても仰天して飛びすさることになった。突き出した森の可愛い拳から、ほんの一瞬ではあったものの、ボウッと大きな炎が噴き上がったのである。

「はー……できたぁ！」

驚きすぎて声も出ない和田をよそに、森はようやく子供らしい無邪気な笑顔を見せた。飼い主の褒め言葉を待つ忠犬のように、誇らしげにトマスの顔を見上げる。トマスは鷹揚《おうよう》に息子の艶《つや》やかな黒髪を撫《な》で、小さな肩に手を置いて微笑《ほほえ》んだ。

「素晴らしかったよ、ルシファー。……如何《いかが》です。ふさわしい教育を施せば、才能というのは伸びるものなんですよ、お義兄《にい》さん。小夜子は、きちんとした教育を受けられなかった。宝の持ち腐れだ。だが、この子は違う。わたしが優れた術者に育てます」

ようやく我に返った和田は、肩で息をしながらトマスに指を突きつけた。

「お……お前は小夜子を利用したのかッ。あいつを愛しているようなふりをして、ただ『遠見《とおみ》』の血がほしかっただけなのか！　だから、普通の子供だった従子は要らないと……。さっきの、誇りにできる子供しか必要でないというのは、そういう意味だったんだな。こ、この人でなしめ！　だからといって、実の娘を殺せるなんて、あんた普通じゃない！」

「おやおや。とんだ言いがかりだ。わたしは小夜子を愛していますよ。……こうなってしまっても、ずっと大切にしていくつもりです。……そう、森にもしものことがあったとき、もう一人、二人産んでもらわなくてはなりませんしね」

「き……貴様という奴《やつ》は……！」

トマスの薄い唇の両端が、クッと吊《つ》り上《あ》がった。

「従子のことは、あなたが何を仰《おっしゃ》ろうと、証拠はどこにもありませんよ。おかしな妄想にとりつかれた男だと言われるだけだ。あれは不幸な事故だった。そう納得するのが賢明です。……わかったなら、お引き取りください。今後、わたしにそのような言いがかりをつけるなら、容赦はしません。……あなたが小夜子の兄でなければ、今頃、息の根を止めて差し上げているところだ」

「何……を……。俺を脅す気か！」

「まさか。本気ですよ。わたしは、わたしに楯突《たてつ》く者の存在を許さない。覚えておいていただきたい」

トマスの顔の中で、口だけが笑っていた。鼻から上は少しも動かず、その落ちくぼんだ灰青色の双眸《そうぼう》は、蛇のようにぬめった光を帯びて和田を凝視している。

「く……っ……」

その底知れない冬の海のような両眼に見据えられ、和田は蛇に睨《にら》まれた蛙《かえる》の如く、瞬《まばた》きさえ許されず、その場に凍りついていた……。

長い思い出話を語り、和田はほうっと深い息を吐いた。森は、何とも微妙な表情で和田を見た。そして、口ごもりながら謝罪の言葉を吐き出す。

「その……記憶にはまったく残っていないんですが……申し訳ないことをしたと……」

「よしてくれ、あんたのせいじゃない。二歳児だぞ。あんときのあんたは、猿回しの猿みたいなもんだった。あんたのことを、心底可哀相《かわいそう》だと思ったよ。小夜子がああなっちまっちゃ、頼れるのはあの恐ろしい父親しかいないんだからな」

「それでも……申し訳ありません。俺は、あなたにお目にかかったことさえ覚えていませんでした」

和田は、疲弊した笑みを削《そ》げた頬《ほお》に浮かべ、森の肩を叩《たた》いた。

「従子のことを覚えていなかったんだ。一度会ったきりの俺のことなんか、覚えているはずがない」

「では……それきり、うちには?」

「行ってない。あんたともそれきり、小夜子ともそれきりだ。……だが、信じてくれ。小夜子とあんたを、あの男から助けたいと思った。あんな恫喝《どうかつ》に負けたら男の恥だと思った。……米子に戻って、弁護士に相談したよ。小夜子が自宅に監禁されていると訴えて、真実を調べてもらおうと思った。だが……」

和田は、悔しそうに拳《こぶし》で自分の腿《もも》を打った。

「無駄だったんですね……」

「あの家を訪れ、小夜子の様子を見てきた弁護士は、トマスは小夜子専任の世話係を置いて、彼女をこのうえなく大切に世話していると言ったよ。病人にとって、あれ以上の環境は望めないとね。あんたにも会って、とても立派に教育されていて、感服したと言っていた。トマス本人も、礼儀正しく親切で、尊敬すべき人物だと。……とんだ言いがかりだと、かえって俺が責められたよ」

「そう……だったんですか……」

森の口からも、嘆息が漏れる。だが、和田の話は、これで終わりではなかった。

「そして……弁護士に相談したことで、トマスは俺を反逆者と見なしたんだろう。俺はあいつに名誉毀損《めいよきそん》で訴えられ、負けた。有り金は裁判費用に消え、会社からも解雇された。偉い学者さんを恐喝するような物騒な運転手は要らないってな。……近所からもあれこれ言われて、アパートを移る羽目にもなった」

「父が……そこまで？」

和田は、ハッと自嘲《じちょう》ぎみに笑った。

「それだけじゃない。裁判中も、不思議なことが何度もあった。電車を待っていてホームから誰かに突き落とされそうになったり、道を歩いていたら車が突っ込んできたり……。トマスの奴《やつ》は、俺を簡単に殺すことができるんだと……命を絶つことも容易《たやす》いうえに、社会的に抹殺することだって平気でやると……骨身に沁《し》みた。馬鹿《ばか》な妄想と思うか？」

「………」

森は、無言で敏生を見た。敏生は強張《こわば》った顔で頷《うなず》く。

「いいえ。ここにいる敏生も、父に刃物を突きつけられたことがあります。……それどころか、父の差し金で、拉致《らち》監禁されて死の恐怖に晒《さら》されたことすらあるんです。あなたの言うことを、少なくともここにいる三人は嘘《うそ》だとは思いません」

「……そうか……」

和田は少し安堵《あんど》した様子で、力無くこうつけ加えた。

「俺はあいつに負けたんだ。小夜子を取り戻しても、トマス以上にいい環境で面倒を見てやる金なんかない。あんただって、父親になついてた……。仕事もろくにない男が、ご立派な学者様から妻や息子を取り上げることなんて、無理に決まってる……そう思って、俺は卑屈に尻尾《しっぽ》を巻いたんだ。もう、小夜子のことは諦《あきら》めよう。従子やあんたのことは忘れようと……」

「和田さん……」

「あんたはトマスと戦うと言った。……もうあの日の、親父《おやじ》の褒美《ほうび》を尻尾を振って待つ哀れな子供じゃないんだな」

森は深く頷《うなず》く。

「あなたのお話で、父が異能力者の血を持つ子供を求め、その子供である俺を、術者にすべく英才教育を施した……そのすべてが彼の計画どおりであったことがわかりました。父は今、そこからさらに何かをしようとしている。おそらくその計画には、俺だけでなく、ほかの異能力者も必要なんです。これ以上、父の企《たくら》みに誰も巻き込みたくはありません。俺は、父を止めます。それが、血の繋《つな》がった息子としての、俺の義務です」

森は力強くそう断言した。龍村と敏生も、それぞれの決意を胸に、和田を見る。

和田は三人の顔をぐるりと見回し、そして、ついに思いきったように言った。

「これを口にすれば、俺はあの男に本当に殺されると思った。……こんな惨《みじ》めな暮らしをしてたって、命は惜しい。ずっと……ずっと、誰にも言えずにいた。だが、あんたの決意を知った以上、もう命を惜しんでる場合じゃない。小夜子は、最後の電話で錯乱しながらもこう言った。トマスは……」

だが、和田が何か重大なことを打ち明けんとしたまさにそのとき、森は式神《しきがみ》の切羽詰まった声を聞いた。

——主殿《あるじどの》ッ!!

「小一郎⁉」

森はハッと身構える。同じように小一郎の声を聞いた敏生も、慌ただしく周囲を見回し……そしてヒュッと笛のように鋭く息を呑《の》んだ。幼い顔に、恐怖の色が満ちる。

「この期《ご》に及んで、余計なことを言っていただいては困りますな、和田さん……いや、お義兄《にい》さん」

ほんの少しだけ癖のある、しかし流暢《りゅうちょう》な日本語。その声に、森は反射的に立ち上がる。龍村は、敏生をその広い背中に庇《かば》った。

信じられない声を聞いたというように、和田はカッと目を見開いたまま、ねじの切れた人形のようにぎごちなく振り返り……そして声の主を見た。その口から、ひび割れた声が漏れる。

「貴様……トマス……トマス・アマモト……！」

六章　名もなき声の正体

「父さん……やはり現れましたね」

　ある程度予想はしていたものの、できればこの場では会いたくないと思っていた人物の出現に、森《しん》の表情も声音も硬かった。

　対決する覚悟は決めていても、まだ闇《やみ》の妖《あやか》しの恐怖が生々しくその身に残っているのだろう。敏生《としき》は、龍村《たつむら》の背中から離れることができずにいる。そして龍村は、仁王《におう》の眼《まなこ》をカッと見開き、敏生の分までトマスを睨《にら》みつけていた。

　古傷の残る左足を軽く引きずりながら近づいてきたトマスは、そんな三人を薄い微笑で見回し、そして最後に、亡《な》き妻と同じ目をした、しかし恐れを露《あらわ》に全身を震わせる和田《わだ》をちらと見た。

「久しぶりに会う父親に、挨拶《あいさつ》の一つもできないとは嘆かわしいね、ルシファー。幼い頃は、礼儀正しい子供だと誰もが褒めていたというのに」

　和田が「唇しか笑っていない」と表現した氷のように冷たい微笑で、トマスは言った。

決して大声を上げているわけではないのに、穏やかなその声は、足が竦《すく》むほど威圧的に響く。

「また、俺たちをつけてきたんですか」

いかにもお前たちの話はすべて聞いていたと言わんばかりのトマスの物言いに、森は尖《とが》った声を上げた。だが、上品なアイボリーのスーツに身を包んだトマスは、頭にのせた中折れ帽子の角度を指先で直しながら、それを軽くあしらった。

「いつもお前のことを見ていると、何度言えば信じられるのだろうね、お前は。目的地には、特に飛行機を使うときには、十分余裕をもって空港に到着できるように行動しなさいと、わたしは教えただろうに。あまり慌ただしい移動をするものではないよ」

「…………」

言い返す言葉を持たず、森は悔しげに唇を嚙《か》む。トマスは、仁王立《におうだ》ちになっている龍村の背中から顔を出している敏生に視線を向けた。

「やあ、可愛《かわい》い精霊《せいれい》君。もうすっかり元気になったようだね、よかった」

「あなたの差し金で琴平《ことひら》君を酷《ひど》い目に遭わせておいて、よくもそんなことが言えるものだ！」

いつもは平常心を失わない龍村も、この台詞《せりふ》には怒りの色を露《あらわ》にした。だが、そんな龍村のスーツの袖《そで》を片手でギュッと摑《つか》んで引き留め、敏生は小さく一歩前に出た。大きな鳶《とび》

色《いろ》の瞳《ひとみ》でトマスの薄ら寒い笑顔を見つめ、ごくりとつばを飲み込んで口を開く。

「僕……こ、こんなことで負けません！　何があったって、絶対に天本《あまもと》さんから離れませんから！」

それは、敏生にとって精一杯の宣戦布告だったのだが、トマスは柳に風の風情《ふぜい》で、あっさりとこう言った。

「無論、そうだろうとも。そうでなくては困る。君は、かけがえのない人なのだからね。ルシファーにとっても……その父親であるわたしにとっても」

トマスの灰青色の瞳が、ぎらりと光る。

「父さんッ」

不可解な父親の言葉に、思わず声のトーンを跳ね上げた森を、トマスは片手を軽く挙げて制した。

「場所をわきまえなさい、ルシファー。このような場所でことを荒立てるのは、まったくもって無粋というものだ。……今日は、誓ってお前たちには何もしない。わたしはただ、お義兄《にい》さんを諫《いさ》めに来ただけだよ」

「貴様なんかに、諫められる覚えはない！」

気を高ぶらせる和田とは対照的に、トマスは落ち着き払って嘆息した。

「やれやれ。迂闊《うかつ》なことを言うものではないと、やんわりと教えて差し上げるだけでは、あなたのように思慮の浅い人間にはわかっていただけなかったようだ。脅かすだけでなく、骨の二、三本でも折って体でわかっていただくのが、あなた向けのやり方だったかもしれませんな。あの頃は、わたしもまだまだ甘かった」

時折通りかかる人々に気兼ねして、和田は声を抑え、しかし怒りで顔を真っ赤に紅潮させて言い返した。

「あ……あれだけのことをしておいて、何を言うっ。俺はお前のせいで、なけなしの蓄えも、職も、家も失ったんだぞ！」

「それこそ自業自得《じごうじとく》というものだ。あなたは数々の言いがかりをつけ、わたしの名誉を汚《けが》したと、法にそう判断されたのですよ。それすら忘れたと？　そして今度はわたしの息子にあれこれとわたしの悪口を言い、また同じ罪を重ねようというわけですか」

「自分の甥《おい》に、真実を語って何が悪い！　あんたこそ、とうとう息子に背かれたようじゃないか。あれほど自分は立派な教育者だと胸を張っていたくせにな」

そんな挑発にも、トマスはまったく動じなかった。

「子供に反抗期はつきものですよ。それに、子が親を超えていこうとするのは素晴らしいことだ。……現に今も、息子はわたしの導きに従い、ここまで来た」

「な……！」

森は、父親の言葉にギョッとした。はたと思い当たり、スーツの内ポケットから、和田がトマスに送った手紙を取り出す。白い封筒から抜き出したのは……あの十牛図《じゅうぎゅうず》の一枚、「尋牛《じんぎゅう》」だった。

「父さん、まさか、これはあなたが……？」

トマスは、片眉《かたまゆ》を上げ、皮肉っぽい笑みで頷《うなず》いた。

「そうだとも。いつかお前が、わたしのやったヒントを頼りにその箱を開けることがあれば、そのときこそ本当の意味での『教育』を始めよう……そう思っていた」

「そんな……。では、俺があの木箱を見つけ、中の手紙を見ることは、あなたの計画の範疇《はんちゅう》だったというんですか！」

「そうだとも」

「馬鹿《ばか》な。本来ならあの箱は、引っ越しのときに捨てるつもりだったんですよ」

「わたしも、てっきりあれは無駄になったと思っていたよ。だが、結果としてあれはお前の手元に残っていた。それもまた運命というものなのだろう」

「そんな……ことが……」

「あの箱を開けられるほど力も分別もついた頃になら、小夜子《さよこ》や従子《よりこ》のことを教えても……この和田という男に会っても、正しい情報の取捨選択ができるだろうと思ったからね。お前はまさに、正しいタイミングで箱を開けた。素晴らしいよルシファー」

「……くッ……」

トマスは、和田をジロリと見て言った。

「それに引き替え、あなたは……。少々の誇張は大目に見ようと思いましたが、そう番狂わせをしてくれては困りますな。情報は、自分の力で苦労を重ねて手に入れてこそ価値がある。それを、あなたに必要以上に喋《しゃべ》られては、番狂わせもいいところだ」

「お……お前の都合など知るものか！　俺は、小夜子を守ってやれなかった。せめて、甥《おい》の……小夜子の息子の力になりたいと思って何が悪い！」

「恐ろしい方だ。わたしに娘殺しと配偶者虐待の濡《ぬ》れ衣《ぎぬ》を着せようとして失敗した挙げ句、今度は息子に何をなさるおつもりですか」

「俺は、事実を語っているだけだ！」

「誰もそれを信じないと、大昔に学習させてあげたつもりだったのですがね。残念ですよ、お義兄《にい》さん。チャンスを二度差し上げる気はない。あなたには……永久に口を噤《つぐ》んでいただくのがふさわしい処遇のようです」

トマスの口角がきゅっと吊《つ》り上《あ》がった。白人そのものの彫りの深い顔に、酷薄な夜叉《やしゃ》の表情が浮かぶ。

「父さん、あなたは……！」

たまりかねて父に詰め寄ろうとした森を、和田は片手で制した。そして、さっきまでとは違う、決意の表情で言った。

「俺の人生は、貴様のせいで滅茶苦茶《めちゃくちゃ》だ！　この先にも、希望なんてこれっぽっちもない。……だったら、命を惜しむのはもうやめた。俺はお前なんかもう恐れんぞ、トマス。誰も信じなくても、森は……小夜子の息子は、信じてくれるだろう。貴様は、森と……ッ！」

和田は、毅然《きぜん》とした口調で、さっき言おうとして邪魔されたことを、今度こそ森に告げようとした。だが……。

トマスが軽く手を挙げただけで、和田は中途半端《ちゅうとはんぱ》に口を開き、目を見開いたままで石像の如《ごと》く動きを止めてしまった。その喉《のど》からは、苦しげな息が漏れるばかりである。

（これは……呪縛《じゅばく》かっ）

トマスが和田に呪《しゅ》をかけたのだと気づいた森は、ともかくも和田を救うべく、二人の間に割って入ろうとした。だがそのとき、トマスの声が鞭《むち》のように森の鼓膜を打った。

「動くな！」

「うっ……」

その一喝で、森もまた、凍りついたように動けなくなる。トマスの青い目が、一瞬鮮やかな赤に光った気がした。

「と……う、さん……！」

「天本さんっ!?」

「天本！」

驚いた龍村と敏生が、森に駆け寄ろうとする。だがそれより早く、トマスの呪《しゅ》が飛んだ。

「君たちもだ。わたしの邪魔をしてもらっては困る」

まるで世間話のようにそう言って、指一本で龍村と敏生をも動けなくしてから、トマスは楽しそうに笑った。それはまるで、虫を巣に捕らえた蜘蛛《くも》のような、余裕と嗜虐《しぎゃく》心《しん》に満ちた笑みだった。

「とう……さん……呪、を……？」

必死で声を絞り出す森に、トマスは両手を広げてみせた。

「教え子が進歩する以上に、指導者は鍛錬を重ね、遥《はる》か上へと到達するものなのだよ。見くびってもらっては困る」

そして彼は、霊力で縛られ、身動きならない森の手から、「尋牛《じんぎゅう》」図を取り上げた。それを広げ、森の顔の前に掲げる。

「いいかい、ルシファー。お前はこれから、様々な人間に会い、いろいろな話を聞くことになるだろう。わたしは、どれが真実かお前に教えることはしない。お前が自分で、行くべき場所を選び、会うべき人間を捜すのだ。そして、わたしを追ってくるがいい」

「あなたは……俺……に、な……にを……」

「超えられるものなら、わたしを超えてみせろと言っているのだよ。……だが、まだまだ未熟なお前だ。わたしはところどころで、お前を正しく導くだろう。道しるべは、この十牛図《じゅうぎゅうず》だ。……精霊君《せいれい》とともに、せいぜい頑張るのだな」

「尋牛《じんぎゅう》」図を畳み、トマスはそれを森のポケットにねじ込んだ。そして、強張《こわば》った森の頬《ほお》を軽く叩《たた》くと、数歩後ずさった。

「さて、あなたには、わたしの温情を裏切った報いを受けていただきましょうか、お義兄《にい》さん。あなたの役目は終わった。可愛《かわい》い妹のところに行くがいいでしょう」

そう言って、トマスは指先で和田を差し招く。操り人形のように、驚愕《きょうがく》の表情を浮かべたまま、和田はよろめきながらトマスに歩み寄った。

「い……けない……和田、さんッ……！」

森は心の中で真言《しんごん》を唱え、呪縛《じゅばく》を解こうとした。だが、彼の全身を縛る目に見えない糸は、切れるどころか緩みもしない。

トマスは、まるで仲のいい旧友のように、和田の背中を抱いた。そして、森たちに向かって、指揮者のように優雅な仕草で、右手を挙げた。

「では、また会おう。ルシファー。そちらの二人も。……悪いが、しばらくそこでおとなしくしていてくれたまえ」

そんな言葉とともに、トマスの手が無造作に円を描く。同時に、三人を堅く縛っていた霊力の糸があっさりと切れた。

「父さんっ！　やめてください、和田さんは何も……ぐッ！」

森は父を何としても阻止しようと駆け出した。だが、すぐに見えない壁に弾《はじ》かれ、床に倒れる。

「天本さん！」

「……大丈夫だ。君は離れていろ」

同じく拘束を解かれた敏生は、すぐさま森に駆け寄り、支え起こした。森は、敏生の手を借りてすぐに立ち上がり、今度は注意深く、両の手のひらを前方へと動かした。

バチッ！

前方二十センチほどのところで、手のひらから青い火花が散る。森は、痛みに顔を顰《しか》めて手を引っ込め、舌打ちした。

「ちっ。結界か……！」

トマスは、一瞬のうちに、三人を結界の中に閉じ込めたのだ。見えない壁に阻《はば》まれて動けない三人をよそに、トマスは呪《じゅ》をかけられ、意志を奪われた和田を連れ、ロビーから去っていく。

「父さん！　やめてくださいッ!!」

「トマスさん！　待ってください！」

「おいっ！　その人をどこへ連れていくつもりなんだ！」

無駄と知りつつも、森は結界の中で力の限り叫んだ。敏生や龍村も、何とかトマスを引き留めようと声を振り絞る。

だが、必死の叫びも、結界の外にはまったく届かなかった。それどころか、森たちの姿も見えないらしく、人々は無意識に結界を避け、何事もないように通り過ぎていく。

トマスは、ちらと振り向いて片手で中折れ帽子を持ち上げ、何とも気障《きざ》な挨拶《あいさつ》をした。

そして和田とともに、三人の視界から消えてしまった。

「おい、天本！　追いかけないとまずい。お前の父親の『役目は終わった』って台詞《せりふ》は大マジだろう。和田さんの命が危ない」

龍村は、トマスが消えた出口のほうを睨《にら》みながら切羽詰まった声で言う。

「わかっている。相当強力な結界だ。あんたは絶対に壁に触れるなよ、龍村さん。この前の河合《かわい》さんの結界どころの騒ぎじゃなくなるぞ。敏生、君もだ」

森は、敏生の体を龍村のほうに押しやった。龍村は、太い眉根《まゆね》をぎゅっと寄せて目を眇《すが》める。

「あのときも、結界にぶつかった瞬間、背中が焦げるくらい熱かったぜ。あれ以上ってことは、今のお前の親父《おやじ》さんは、河合さんより力が強いってことか」

「おそらくは。……だが、そんなことを考えるのはあとにしよう。まずは、ここから出なくては」

森はそう言って、一歩下がった。虚空《こくう》に、左手で早九字《はやくじ》を切る。そしてすぐさま、長い指を組み合わせ、複雑な印をいくつも連続して結んだ。唇からは、朗々と真言《しんごん》が流れ出す。

「ナウボウ・アラタンナウ・タラヤヤ・ナウマク・アリヤ・バロキテイ・ジンバラヤ・ボウジサトバヤ・マカサトバヤ・マカヤロニキャヤ・タニャタ。オン・シャキャラバリチ・シンダマニ・マカハンドメイ・ロロ・チシュタ・ジンバラ・アキャラシャヤ……ウン・ハッタ・ソワカッ！」

裂帛《れっぱく》の気合いとともに、森は刀印を結んだ両手を振り下ろした。念の力で、結界を切り裂こうというのだ。

だが、結界の壁は、わずかに揺らいだだけで、消えはしなかった。森は荒い息を吐き、膝《ひざ》に手をついて体を支える。森の渾身《こんしん》の一撃でも、トマスの結界は破れなかったのだ。

「くそ……！　何て結界だ」

「駄目なのか？」

龍村の問いかけに、ようやく呼吸を整え、腰を伸ばした森は頷《うなず》いた。

「……恐ろしくタフな結界だ。なまなかな呪《しゅ》では破れそうにないな」

敏生は、心配そうな顔で言った。

「小一郎《こいちろう》は？　小一郎は、無事なのかな。さっきから呼びかけてるのに、返事がないんです。まさか、トマスさんに……」

「いや、主《あるじ》の俺が何も感じない以上、調伏《ちょうぶく》されてはいないはずだ。だが、俺に警告してきたきり、小一郎の声が聞こえない。……父に、何らかの攻撃を受けた可能性はあるな」

「そんな……」

動揺する敏生の肩に手を置き、幼い顔を覗《のぞ》き込《こ》んで、森は言った。

「どちらにしても、まずは俺たちがこの結界を破って外に出るしかない。君の……君と守《しゅ》護珠《ごじゅ》の力を貸してくれるかい？」

「はいっ」

敏生は、緊張の面持ちで頷《うなず》く。森は、強張《こわば》る敏生の頰《ほお》を両手で挟み込み、リラックスさせるように小さく微笑《ほほえ》んだ。

「助かる。結界の中では、精霊《せいれい》が呼べないだろう。できるだけでいい、サポートしてくれ。……焦《あせ》ってもことをし損じるだけだ。落ち着いていこう」

「……はい」

敏生は一つ大きく呼吸して、深く頷《うなず》いた。

しかし……。

「……駄目か……」

森の口から、絶望的な呻《うめ》きが漏れた。結界の中に閉じ込められ、もう一時間以上経過している。あれから、森と敏生は力を合わせて何とか結界を破壊しようとしたが、何度呪《しゅ》を打ち続けても、強力な念をもって張られた結界はびくともしなかった。

龍村は、思わず床に座り込んだ敏生を見て、森に耳打ちした。

「おい、琴平君はもう限界だぞ。まだスタミナが戻りきっていないんだ、無理をさせるわけにはいかん」

「わかっている。……だが……」

「和田さんの身の上が心配だな」

「ああ。父が俺たちをこうして閉じ込めたということは……すぐにでも手を下すつもりだ。しかも、俺たちの誰にも……父自身にも疑いのかからない方法で」

森は、血が滲《にじ》むほどきつく唇を噛《か》みしめた。悔しさのあまり、そんなことをしても無駄だとわかっていながら、眼前に存在する見えない壁を殴りつけたい衝動にかられる。

(こうやって……こんなやり方で、お前はまだわたしに敵《かな》わないと、知らしめるつもりなんですか、父さん……!)

そのとき、三人の前に人影が立った。観光客ではない。それは、迷彩柄のタンクトップの上に黒のレザーベストを重ね、ブラックジーンズにレザーブーツという全身黒ずくめの青年……森の式神《しきがみ》、小一郎だった。

妖魔《ようま》の目には、結界の内部にいる森たちの姿は見えるらしい。だが、彼の念は、結界の内側には届かなかった。同じく、森たちの声も、小一郎には聞こえないようだ。

「小一郎……無事だったんだね！」

敏生は大きく口を開け、唇の動きで小一郎に話しかけた。小一郎は頷《うなず》き、森に結界を指さしてみせた。心の通い合った主従だけに、言葉はなくても互いの意図は伝わる。

森は、敏生の幾分青ざめた顔を見て訊《たず》ねた。

「もう一度だけ、やれるか？ 小一郎に、外からも叩《たた》かせる。それで駄目なら……万策尽きたと言わなくてはなるまい」

「やれます！」

敏生は立ち上がり、右手でギュッと守護珠《しゅごじゅ》を握りしめた。頼む、と短く言って、森は結界の一点……自分の正面を指さした。攻撃を加えるポイントを、壁の向こう側にいる小一郎に知らせる。小一郎は頷き、足を広く開いて立ち、両腕を交差させて身構えた。

「……いきます」

敏生は小さな声で言って、森の背後に立ち、目を閉じた。右手で握りしめた守護珠……その中で燃える不滅の炎が、敏生の体を温かな波動で包んでいく。

（もう一度だけ……守護珠に宿る古い魂たち……僕に力をください）

心からの願いを胸の中で呟《つぶや》き、敏生は静かに目を開いた。その瞳《ひとみ》は、菫色《すみれいろ》の淡い光を放っている。普段は体の奥底に潜んでいる、敏生の精霊《せいれい》の血が目覚めた証《あかし》だ。

敏生は、左手を挙げ、手のひらを森の背中に向かってかざした。近くでただ見守っているしかない龍村にも、敏生の手のひらから柔らかな光が放たれ、森の体を包んでいくのがわかる。

（頑張れ……天本、琴平君……）

せめて自分の想《おも》いもその光に力を与えてくれるようにと、龍村は強く念じてその広い肩を怒らせた。

森は、静かな呼吸を繰り返し、そしてこれが最後と気合いを込め、印を結んだ。

「ナウボウ・アラタンナウ・タラヤヤ・ナウマク・アリヤ・バロキテイ……」

全身を包む優しいエネルギーを感じつつ、真言《しんごん》を唱え、精神を統一していく。小一郎も、主人の動きから目を離さず、妖力《ようりょく》をその両手に集中させつつあるらしい。

「ロロ・チシュタ・ジンバラ・アキャラシャヤ・ウン・ハッタ・ソワカッ‼」

森は、気力のすべてを刀を模した両の人差し指に込め、前方の一点めがけて突き出す。小一郎も、森とほとんど同時に腕をまっすぐ前に伸ばし、両の手のひらを結界に向けた。

森と小一郎、二人の手から、同じ銀色の光が放たれ、結界の壁にぶつかって目が眩《くら》むほどの激しさでスパークした。

龍村は、たまりかねて目をつぶる。

「………お……？」

白く灼《や》ききれた視覚が戻る前に、龍村の耳に届いたのは、さざめきのような人の話し声だった。そういえば、結界の中では、森と敏生の声しか聞こえなかったな……と思い至ったところで、龍村はハッとした。

涙に滲《にじ》む視界には、さっきまでと同じロビーの風景しか映らない。だが、確実に、そこを行き交う人々の足音、そして話し声が聞こえてくる。

「結界が……解けたのか！」

「ああ。何とかな」

森は荒い息を吐き、さすがに疲れきった様子の敏生を支え、頷《うなず》いた。小一郎は、人目を憚《はばか》って跪《ひざまず》くことはしなかったが、森に一礼して恭《うやうや》しく言った。

「遅くなりまして申し訳ございませぬ。……その……お父上に、結界に閉じ込められておりました」

「やっぱりそうだったの？　よく出てこられたね。無事でよかった」

敏生は、森にもたれかかってどうにか立ちつつも、小一郎を労《いたわ》った。小一郎は、誇らしげに胸を張る。

「俺の力を見くびっておられたらしい。悪戦苦闘の末、どうにか蹴破《けやぶ》ることができたのだ」

「よくやってくれた。お前が来てくれなければ、あの結界を破るのは至難の業だった」

森はそんな言葉で式神《しきがみ》を労《ねぎら》い、すぐに厳しい顔で言った。

「まだ、飛ぶ力は残っているか？」

小一郎は即座に答える。

「はッ。存分にお使いくださりませ」

「ならば、和田氏のもとに飛んでくれ。……感じられるか？」

「……おそらくは。では、参りまする」

小一郎は目礼し、すぐに命令を遂行しようとする。だがそんな小一郎を呼び止め、森はこうつけ加えた。

「もしそこに父がいたら、全力で逃げ帰れ。あの人に、二度目はない。……ただ、和田氏の居場所だけを知らせてくれればいい。わかったな」

「御意《ぎょい》。すぐに戻りまする。しばらくお待ちを」

人の目につかない物陰に移動した小一郎は、すぐさま姿を消した。森は、とりあえず敏生をベンチに座らせた。

「大丈夫か、琴平君。熱はないようだが」

龍村が、敏生の額に手を当てて訊《たず》ねる。敏生は頬《ほお》に小さなえくぼを刻んで頷《うなず》いたが、すぐに心配そうに森の顔を見た。

「ずいぶん時間が経《た》っちゃいましたね……。大丈夫でしょうか、和田さん……」

「わからない。天に祈るしかないな。……龍村さん、頼んでいいか？」

「おう、何でも言ってくれ。さっきまで、僕は完璧《かんぺき》に役立たずだったからな。現実世界でなら、何でもするさ」

「タクシーを捕まえておいてくれ。小一郎が戻り次第、とにかく和田氏のもとへ移動しなくてはならないだろうから」

「了解した！」

龍村は、軽快なフットワークでエントランスに向かう。森はそれを見送り、敏生の栗色《くりいろ》の髪を撫《な》でた。

「すまん。無理をさせたな。今のうちに、少し休んでおけ」

「天本さんこそ。……大丈夫ですか？」

「俺は平気だよ」

敏生は、自分の前に立った森の顔を見上げ、優しい眉《まゆ》を顰《ひそ》める。冷えた森の手をそっと握り、敏生は囁《ささや》いた。

「僕だって、耳を塞《ふさ》ぎたくなるようなつらい話だったから……。天本さんは、もっとつらかったでしょう」

森は、口の端《は》をわずかに緩め、かぶりを振った。

「それを俺に話すのは、もっとつらいことだっただろう。それに、知らないよりは、それがどんなに酷《ひど》い話でも、真実を知ったほうがいい。……和田氏には……伯父《おじ》には、感謝しているよ」

「天本さん……」

「ただ、彼が最後に何を言おうとしていたのか……父の最終目的はいったい何なのか……。気になるな」

敏生も気がかりそうに頷《うなず》く。二人が思わず黙りこくってしまったそのとき、小一郎が再び現れた。その精悍《せいかん》な浅黒い顔には、困惑とも落胆ともつかない複雑な表情が浮かんでいる。

「主殿《あるじどの》。ただいま戻りましてございます」

「和田氏の居場所はわかったか？」

森は気ぜわしく問いかけた。小一郎は森に軽く頭を下げ、彼にしては不明瞭《ふめいりょう》な口調で言った。

「は……あの御仁は、ご自宅におられました……と申し上げてよいものかどうか。お父上のお姿はありませなんだ。気配も感じられませせぬ」

「どういうことだ」

悪い予感に苛《さいな》まれつつも、森は敢《あ》えて訊《たず》ねた。小一郎は、吊《つ》り上《あ》がった目で森を見て、低い声で答えた。

「その……ご自宅で、ことされておいででした」

「何ッ⁉」

その言葉に誰よりも早く、強く反応したのは、ちょうど戻ってきた龍村だった。さすが法医学者というべきか、彼は厳しい面持ちで小一郎を問い詰めた。

「確かか？　息がないだけでは死んだとは限らないんだぞ」

「妖魔《ようま》の見立てが信じられぬと仰《おお》せなら、ご自身の御目《おめ》でご確認願いたい」

小一郎は、ムッとした顔でそう言い返し、まるでそれが自分の責任であるかのように、森に詫《わ》びた。

「よいお知らせができず、まことに申し訳ございませぬッ」

「……予想はしていた。結界を破るのにこれだけの時間がかかることを、父は見越していたんだろう。その間に、十分目的を果たせると踏んでな」

森は、感情を押し殺した平静な声でそう言った。まだ立ち上がれずにいる敏生は、真っ青になって森の腕に触れた。

「天本さん……！」

森は、それには答えず、龍村を見て短く言った。

「タクシーは？」

「外で待たせてある。米子《よなご》市内だろう？　三十分以上かかるそうだが、できるだけ急いでもらおう」

「ああ」

森は頷《うなず》き、足早にエントランスを目指す。そのあとに、忠犬の如《ごと》く小一郎が続いた。敏生は、龍村に背中を抱かれ、森のあとを追った。

美術館の前には、龍村の言葉どおり、タクシーが一台停《と》まっていた。そのままタクシーに乗り込むと思われた森は、エントランスで敏生の顔を見つめ、諭すような口調で言った。

「よく聞いてくれ、敏生。和田氏の自宅には、俺と龍村さんで行く。君は、今すぐに家に帰るんだ」

思いがけない言葉に、敏生は目を見開いたまま、微《かす》かに首を横に振る。

「そんな……！」

「小一郎の言うことに間違いはなかろう。俺と龍村さんは現地へ行って、警察に連絡しなくてはならない。そうなれば、事情聴取ですぐには戻れなくなる」

「だったら、僕も行きます。一緒に行かせてください」

　哀願するように言いつのる敏生に、森は小さく首を横に振った。

「せめてひとりくらいは、身動きが取れなくては困る。それに、俺が警察に行っている間、旅先では君があまりにも無防備だ。小一郎だけでは、父から君を守りきることができない。その点、自宅なら俺の結界の中だ。今のところ、いちばん安全な場所だろう」

「でも……！」

「小一郎と家に戻るんだ。そして、そこで俺たちの帰りを待っていろ。いいな」

「……………」

　敏生は、今にも泣きそうな顔をする。自分のことより、森が心配でたまらないのだ。森は敏感にそれを察して、少し声音を和らげて言った。

「俺は大丈夫だよ。……家で十分に休息しろ。何かあったら、躊躇《ためら》わず早川《はやかわ》を頼るんだ。わかったな？」

　敏生はようやく、小さく頷《うなず》く。森は頷き返し、敏生の横に立つ、神妙な面持ちの式神《しきがみ》に言った。

「話はわかったな。すぐさま敏生を連れて、妖《あやか》しの道で飛べ。俺たちが戻るまで、敏生を守っていてくれ」

「はッ。お任せくださりませ。されど、主殿《あるじどの》は……」

さすがの小一郎も、野性的な顔に不安の色を浮かべ、主人の面《おもて》を窺《うかが》う。だが森は、能面のように硬い表情で言った。

「俺のことはいい。お前の為《な》すべきことをしろ。……俺のいちばん大切なものを、お前に託すんだ。……頼むぞ」

「はッ」

小一郎は、深く頭《こうべ》を垂れた。龍村は、まだ涙目の敏生の肩をポンと叩《たた》き、片目をつぶってみせた。

「天本のことは、僕に任せとけ。妖《あやか》し云々《うんぬん》の世界では無力でも、現実世界では天本より頼りになるぜ。……家から出ずに、待ってろよ。ん？」

「……はい」

笑い返そうとして見事に失敗した敏生は、唇を波打つほど強く引き結び、頷《うなず》いた。

「行こう、龍村さん。……頼んだぞ、小一郎」

「はッ。主殿《あるじどの》こそ、お気をつけくださりませ」

タクシーに乗り込む森と龍村を、小一郎は深い礼で見送った。敏生は、車が見えなくなるまで手を振り、見送った。

「おい。行くぞ、うつけ」

放《ほう》っておけばずっとその場に立っていそうな敏生の首根っこを摑《つか》み、小一郎は通りを渡り、土産物屋《みやげものや》の物陰に向かった。疲労で足がもつれるのか、敏生は引きずられるようについていく。

「……かなり消耗しておるようだな」

人目につかない場所で妖《あやか》しの道へ飛ぼうとした小一郎は、敏生の疲れ果てた様子に顔を顰《しか》めた。結界を破るために、持てる力のすべてを森に与えた敏生である。その顔からは血の気がすっかり失《う》せていたが、それでも敏生は、小一郎を心配させまいと微笑《ほほえ》みを浮かべた。

「大丈夫だよ。天本さんのほうが、もっと大変なんだから。……ごめんね、小一郎もクタクタだろ。それなのに、僕を連れて飛んでもらわなきゃいけなくて」

「阿呆《あほう》。俺は妖魔《ようま》だ。お前とは底力が違うわ」

横柄《おうへい》に言い捨てた小一郎は、しばらくまじまじと敏生の顔を見ていたが、おもむろに、力強い腕で敏生の体を無造作に抱え上げた。

「うわッ、こ、こいちろ、何す……ッ」

「お前が妖しの道の途中でくたばって、混沌《こんとん》の海に落ちでもしてはかなわん。このままで飛ぶ。目を閉じておけ。……ゆくぞ！」

そう言うが早いか、黒衣の式神《しきがみ》は、この世の外の、時間も空間も超えた妖しの道へと飛び込んでいく。敏生は、不安定な体勢で、ギュッと小一郎の体に摑《つか》まり、何も見るまいと両目を固くつぶった……。

　それから三十分ほどあと……。

　森と龍村を乗せたタクシーは、米子市郊外の和田氏の自宅に近づいていた。

「あと、どのくらいですか」

　森の問いに、運転手は少し考えて答えた。

「この住所なら、あと二、三分ですかね」

「それなら、この辺りで……」

「いや、家の前につけてください」

　この辺りで停《と》めてくれと言いかけた森を遮り、龍村はよく通るバリトンでそう言った。

　森は、怪訝《けげん》そうに龍村に耳打ちする。

「おい、龍村さん。迂闊《うかつ》に現場に……」

　龍村は、それすらも皆まで言わせず、彼にしては破格の小声で森に囁《ささや》いた。

「馬鹿《ばか》、そんな不自然なことをしたら、警察に疑われるだけだぞ。僕たちが何時に美術館を出て何時に和田氏の家に着いたか、この男ははっきり証言できるんだ。お前も見たろ、乗客を乗せた時刻をきちんと記録していたのを。あっさり去らせるわけにはいかん」

「……なるほど」

「この手のことは、僕に任せろ」

龍村は鬼瓦《おにがわら》のような顔で、きっぱりとそう言った。

和田の住まいは、古い木造アパートの一階、いちばん奥の部屋だった。龍村は運転手に一万円札を渡し、挨拶《あいさつ》をするだけですぐ帰るから待っていてくれるようにと頼んだ。

龍村と森は、ミシミシと不穏な軋《きし》み方《かた》をする廊下を歩き、和田の部屋へと向かった。部屋の扉は薄く開いていたが、龍村はわざと呼び鈴を何度も押し、アパートじゅうに響き渡るような大声で「和田さーん！」と呼んだ。

「お、おい、龍村さん」

森は慌てたが、龍村は少しも動じない。隣の部屋の住人らしき中年女性が迷惑そうに顔を出してようやく、龍村はひょいと頭を下げ、「おかしいな、開けっ放しだ」と言って、和田の部屋に入った。

「……目撃者は多いほうがいい」

扉を閉め、龍村は森にそう言った。森は無言で頷《うなず》き、靴を脱いで室内に踏み込んだ。

早川のよこしたリストには、和田陽平《ようへい》は独身だと書かれていた。おそらくそれは正しかったのだろう。

四畳半二間の部屋には、女性の匂《にお》いはまったくなかった。きちんと片づいてはいたが、最低限の家具しかない殺伐とした雰囲気の部屋だ。

そして……覚悟していたとはいえ、狭い台所を横目に、室内に入った森は、思わず息を呑《の》んだ。

ひびの入ったガラス越しに、眩《まぶ》しい陽光が部屋に差し込んでいる。その光は、日焼けした黄色い畳に、不思議な細長い影を落としていた。その影の正体は……鴨居《かもい》に荷造り用の紐《ひも》を幾重にも掛け、首を吊《つ》っている和田の姿だったのだ。

「和田さん……ッ！」

「待て、天本！　触っちゃいかん」

思わず和田に駆け寄り、その体を床に下ろそうとした森を、龍村は押し殺していても鋭い声で制止した。

「龍村さん、しかし……」

「もう亡《な》くなっている。うっすら死斑《しはん》が出始めているだろう。小一郎の言うとおりだ」

龍村は、腕組みして和田の遺体のそばに立った。その顔には恐怖も驚きもなく、ただ冷徹な監察医の表情が浮かんでいる。

（……さすがだな）

森は軽い吐き気を堪《こら》え、龍村に訊《たず》ねた。

「いったい、いつ……。そして本当に首を吊って死んだのか、和田さんは」

龍村は、ううむと低く唸《うな》って答えた。

「警察が来るまで、勝手にご遺体に触れることは遠慮せんとな。だが、外表所見を見る限り、こりゃ、縊頸《いけい》だな」

「つまり……首を吊《つ》ることによる自殺、というわけか」

「ああ。ここを見ろ」

龍村は、遺体の顔を指さした。血色が悪く、げっそりこけていたはずの和田の顔は、赤黒く、少し膨れたようにも見える。薄く開いた口からは、舌尖《ぜっせん》が突き出していた。

「顔面高度鬱血《うっけつ》……急死の所見でもあるが、窒息の典型的な顔貌《がんぼう》だ。舌が突き出しているのは、舌根部が索状物で圧迫されているからなんだ。そしてその索状物は……」

遺体に触れないように注意しつつ、龍村は遺体の首筋を指さす。和田の顎《あご》の下には、荷造り用のナイロンの紐《ひも》が何重にもきつく食い込んでいた。紐はそのまま顎の輪郭に沿い、耳の後ろから鴨居《かもい》に向かって上行している。

「……これが？」

「首筋に、この索状物でできた以外の索溝が見られないだろう。指の痕《あと》もないようだ。つまり、紐や手で首を絞めたあと、殺人を隠蔽《いんぺい》するために縊頸を装《よそお》ったというわけではなさそうだってことさ。時刻は……そうだな。死斑《しはん》が出始めているということは、死後二時間前後というところだ。……お前の親父《おやじ》さんに連れ出されてすぐってことか」

龍村は重々しくそう言った。

「……畜生……！」

森は、腹の底から絞り出すような声で呻《うめ》いた。行き場のない憤《いきどお》りと後悔に、両の拳《こぶし》を砕けるほど強く握りしめる。

「父にも……妖《あやか》しの道が使えるというのか？　それとも、空間移動ができるのか……。どちらにしても、和田氏から意志を奪い、ここに連れてきて……彼を操ってみずから首を吊《つ》らせたんだ！」

「そんなことが……人間にできるのか？」

「あんたも見ただろう。俺たちの目の前で、一瞬にして父が和田氏の動きを封じ、人形のように自在に動かしたのを」

「う……ああ、確かに」

「父の目が、ほんの一瞬だが、赤く染まるのを見た。……あれは……おそらく邪眼だ。闇《やみ》の妖しに乗っ取られていたときの河合さんの目も赤かった」

森の言葉に、龍村は目を剝《む》いた。

「何だと？　それは、どういうことだ。お前の親父《おやじ》も、河合さんと同じように、妖しに体を乗っ取られてるってのか？」

森は力無く首を振った。

「それはないだろう。あの人は、そんなタマじゃない。だが、あるいは何らかの妖しと共存するか、そいつを体内に取り込むことで、強大な力を得たのかもしれない。父はおそらくその邪眼で和田氏を操ったんだ」

龍村は、四角い顎《あご》を撫《な》で、難しい顔で唸《うな》った。

「むむ……。だが、天本よ。そいつは一般人にはまったくの夢物語だぜ。法医学者の目で見て、これは申し分ない縊頸《いけい》……自殺の死体だ。おそらく警察も十中八九そう思うだろうな」

「わかってる……。そんなことは、わかってる」

森は、変わり果てた和田の亡骸《なきがら》から目を背け、俯《うつむ》いて肩を震わせた。

「俺が……俺がコンタクトをとったりしなければ……あの箱を開けたりしなければ、こんなことには……！　和田さんは、口封じのために、父に殺されたんだ。つまりは、俺が殺したようなものだ」

「馬鹿《ばか》、それは違うだろ」

龍村は、兄のような口調でそう言い、森の頭を軽く小突いた。

「そんなふうにお前が言っちまっちゃ、和田さんは成仏《じょうぶつ》できまいよ。確かにお前が連絡しなけりゃ、お前たちは一生再会しないままだったのかもしれん。それでも和田さんは、お前たち母子を見捨てたっていう罪の意識を抱《いだ》いたままで死ぬ羽目になるところだったんだ。それに彼は、自分の意志でお前に会うことを決意した。何一つ、お前のせいじゃない、天本」

「龍村さん……」

「そんなふうに、お前が自分を責めることだって、親父《おやじ》さんの計算のうちだろうが。みすみす罠《わな》にはまるなよ。挫《くじ》けずに前に進み続けることが、和田さんへの何よりの供養《くよう》じゃないのか。……とと、これはいささか説教臭すぎるかもしれんがな」

龍村は、大きな口を歪《ゆが》めるようにして笑い、こうつけ加えた。

「だが、死者の勇気と真心を無駄にするな。これは、法医学に携わる人間として言っておく」

森は顔を上げ、龍村を見て呟《つぶや》くように言った。

「龍村さん……。ありがとう」

龍村は、ほろりと片頬《かたほお》だけで笑って手を打った。

「とにかく。今は現実的なことを考えよう。和田さんのご遺体も、一秒でも早くきちんと寝かせてあげたいからな。……おっ？　これは何だ」

龍村は、遺体の脇《わき》を通り過ぎ、窓際《まどぎわ》に置かれたちゃぶ台の上にあったものを取り上げ、森に差し出した。それを受け取った森は、ハッとする。

「これは、俺が和田氏に出した手紙だ」

龍村は、鋭い眼差《まなざ》しでそれを見て言った。

「お前、和田さんに送ったものはそれだけか？」

「あ……ああ」

「なら、それをしっかりポケットに隠しとけ。絶対に警察には見せるな。……そして、こういうことにしよう。お前は、ずっと疎遠だった母方の伯父《おじ》に、死んだ母親の思い出話が聞きたくてコンタクトをとった。だが、会いに行くと、伯父は部屋で首を吊《つ》って死んでいた。長らく会っていないので、原因はまったくわからない。伯父の暮らし向きについても、詳しいことは何も知らない。……いいな？」

森は、乱れる心を抑えきれないまま、それでも龍村に感嘆の目を向けた。

「……あんたは恐ろしいほどの策士だな、龍村さん」

「人生の裏側を見続けるのが仕事なんでね。……では、タクシー運転手に警察を呼ばせよう。お前はここにいろ。いいな？」

森が頷《うなず》くと、龍村は大股《おおまた》に部屋を出た。廊下を走っていく足音が聞こえる。

森は、静かに和田の遺体の前に跪《ひざまず》いた。じっと頭《こうべ》を垂れ、瞑目《めいもく》する。どんな祈りの文句も、今の自分には口にする資格がないと、森は思った。

（……いつの日か、あなたに本当の安らぎをもたらせるよう、努めます。……どうか、見ていてください）

ただひたすらにそう念じ、森は龍村が戻ってくるまで、そのまま動かなかった……。

＊　　＊

目が覚めたとき、敏生は自分のベッドの中にいた。部屋は真っ暗で、枕元《まくらもと》のスタンドだけが点《つ》いている。着慣れないスーツは脱がされ、Tシャツと下着姿にされていた。

「あ……れ……？」

まだ、疲労が澱《おり》のように体に溜《た》まり、頭がぼうっとしている。敏生は、仰向《あおむ》けに寝たま、パチパチと目を瞬《しばたた》いた。

「……ようやっと目覚めたか」

枕元から寂《さ》びた声がして、敏生は驚いてそちらを見る。黒衣のせいでほとんど闇《やみ》に紛れていたが、そこには小一郎がいた。ベッドのすぐそばに椅子《いす》を置き、長い足を組んでどっかと腰掛けている。

「こいちろ……。あれ、どうして僕……」

小一郎は、ぶっきらぼうに言った。

「思うたとおり、お前は、妖《あやか》しの道の途中で情けなく気絶したのだ。それゆえ、とりあえず布団《ふとん》に放《ほう》り込《こ》んでおいた。阿呆《あほう》のように寝る奴《やつ》だ。もう夜だぞ」

「ええッ？」

敏生は慌ててサイドテーブルに置いた目覚まし時計を見た。時刻は確かに、午後十一時を過ぎている。

「天本さんから連絡は!?」

小一郎は、無言で首を横に振った。敏生の顔に、みるみる不安の色が広がっていく。

「まだなんだ……」

「あのお二方のことだ、案ずるには及ぶまい」

そう断言する小一郎の顔にも、心配だと書いてある。どこまでも正直な、嘘《うそ》のつけない妖魔《ようま》なのだ。

「でも!」

「うるさい。まだ寝ておれ。あからさまに『気』が弱っておるではないか」

小一郎は、起き上がろうとした敏生の頭を、乱暴に枕《まくら》に押し戻した。仕方なく横たわったままで、敏生はそっと小一郎に問いかけた。

「……ねえ、小一郎。和田さん、どんなふうに亡《な》くなってたの？　教えて」

「何故《なにゆえ》、そのようなことを知りたがる」

「何故《なぜ》でも。僕だけがホントのこと知らないなんて、嫌だよ。お願い」

小一郎はしばらく逡巡《しゅんじゅん》していたが、敏生の頑固さは嫌というほど知っている。渋々、そしてできるだけ簡潔に、式神《しきがみ》は答えた。

「首を吊《つ》って、亡《な》くなっておられた」

敏生は、ギュッと掛《か》け布団《ぶとん》を握りしめ、小さな声で訊《たず》ねる。

「それって……自殺ってこと……？」

「よもやそのようなことはあるまい」

「でも！」

「考えるのは、俺の務めではない。だが、思うに……主殿《あるじどの》のお父上の謀《はかりごと》であろう」

「それって……天本さんのお父さんが、和田さんをあのまま連れてって、操って、自殺するように仕向けたってこと……？」

「おそらくはな」

「………」

敏生は、暖かいはずの布団の中で、小さく身を震わせた。小一郎は、きつい目を訝《いぶか》しげに細める。

「如何《いかが》した？」

敏生は、布団を顎《あご》まで引き上げ、こもった声で打ち明けた。

「ごめん。いちばん怖いと思ってるのも、いちばん悲しいのも、いちばんつらいのも天本さんだってわかってる。天本さんのために、できること全部、何だってしたいと思う。ホントだよ。……でも、怖いんだ。凄《すご》く怖いんだ、トマスさんのこと。何だか……天本さんのお父さんのはずなのに、まるで妖魔《ようま》に近づいたみたいに、いつも全身がぞーっと冷たくなるんだ……」

「……俺もだ」

小一郎は、柔らかな光を放つスタンドのオレンジ色のシェードを見ながらボソリと言った。

「……え？」

「俺も、あの御仁に近寄ると、全身が総毛立つ思いがする。強い力を持つ妖魔に近づいたときと、同じ感覚だ。……主殿《あるじどの》にはとても言えぬがな」

「……小一郎もそう思ったんだ……」

小一郎は無言で頷《うなず》き、そして腹立たしげに拳《こぶし》でサイドテーブルを叩《たた》いた。ドンという大きな音に、敏生は驚いて小一郎を見つめる。

「こ……小一郎？　どうしたの？」

「俺はもっと、強くならねばならぬ。今の俺の力では、主殿の結界のお力を借りねば、お前ひとりすら守りきることができぬ」

「……小一郎……それは……」

小一郎は、きつい目でじっと敏生を見据え、きっぱりした口調でこう言った。

「うつけ、俺は強くなる。主殿をお守りし、お支えするのはお前にしかできぬ大切な役目だ。ならば、そのお前のことは、この俺が守ってみせる」

「でも！　小一郎のことは誰が守るのさ。僕だって、小一郎のこと……」

「わかっておる。……お前の想《おも》いは、言われずとも十分にな」

小一郎は、ほんのわずか目元を和らげ、静かにこう言った。

「己を、数ならぬ身とはもう思わぬことにした。……お前と……そして主殿《あるじどの》が流してくださった涙が、何より強い守護の力だ。俺は、簡単には死なぬ」

「小一郎……ホントだよ？　絶対に、もう二度と命を捨てるようなこと、しちゃ嫌だよ」

「わかっておる。……主殿からご連絡があれば、必ず起こしてやるゆえ、もうしばらく眠るがよい。お前には今しばらくの休養が必要だ」

そう言って、小一郎は立ち上がった。だが敏生は、溜《た》め息《いき》をついてかぶりを振った。

「疲れてるのは確かなんだけど……何だか神経が尖《とが》っちゃって、眠れそうにないや」

「………」

それを聞いた小一郎は、唇をへの字にしてしばらく考えていたが、やがておもむろに身を屈《かが》めると、敏生の前髪を掻《か》き上《あ》げ、その額にかなり乱暴なキスをした。勢いがよすぎて額にがつんと妖魔《ようま》の尖った歯が当たり、敏生は驚きと痛みに小さな悲鳴を上げる。

「いたッ！　な、何すんのさ小一郎」

「何とは何だ。いつも主殿にこうされて、お前は安堵《あんど》した顔をしておるではないか！」

「な……っ」

たちまち、敏生の顔が真っ赤に染まる。どうやらこの研究熱心な式神《しきがみ》は、森と敏生がいわゆる「仲良く」しているところまで、まじまじと観察していたらしい。

「そ、そ、それは……」

「違うのか？　それとも、妖魔《ようま》相手では安堵《あんど》できぬのか？」

あくまでも大真面目《おおまじめ》に問いかけてくる式神に、敏生は思わず吹き出してしまった。

「ち、違わない。……あはは、ホントだ。何か凄《すご》く安心した」

「まことか？」

疑わしげに問いかける式神に、敏生は痛む額をさすりながら、笑顔で頷《うなず》いた。

「うん。……だって、ついさっきまで、とてもこんなふうに笑える気分じゃなかったもの。次はもう少しだけ、優しくしてくれると嬉《うれ》しいけど。……ありがと、小一郎」

素直な感謝の言葉に、照れ屋の小一郎は、ゴホンと咳払《せきばら》いして、顰《しか》めっ面《つら》で言った。

「ならばよい。よく休め」

「うん。おやすみ……」

素直に、敏生は枕《まくら》に頭を預け、目を閉じた。扉が開閉し、小一郎が階段を下りていく足音を聞きながら、敏生は再びの深い眠りに落ちていった……。

森が帰宅したのは、それから三日後の昼過ぎのことだった。

「天本さん！　お帰りなさい」

敏生は、玄関の扉を開けて森の顔を見るなり、安堵《あんど》のあまり泣きそうな顔になった。小一郎は、上《あ》がり框《がまち》に跪《ひざまず》いて頭《こうべ》を垂れる。

「主殿《あるじどの》。よくぞご無事でお帰りなされました」

顔を伏せているので表情は見えないが、その声には、喜びが滲《にじ》んでいた。

森はさすがにくたびれた笑顔で敏生に応《こた》え、忠実な式神《しきがみ》を労《ねぎら》った。

「ただいま、敏生。遅くなって悪かったな。……小一郎、ご苦労だった。下がって休め」

「はッ」

小一郎の姿は、たちまち消える。もっとも、本当に休んでいるわけではなく、敏生の腰から下がっている羊人形に戻り、二人を見守っているのだろうが。

「よかった……。よかった、天本さんが無事に帰ってきてくれて」

そんな敏生の涙声に、森は苦笑いで言った。

「ちゃんと連絡したじゃないか。向こうですべての用事を終えてから帰ると」

「それはそうですけど、でも、ホントに顔を見るまでは心配だったんですよう」

敏生は頰《ほお》を膨らませて、けれど嬉《うれ》しそうに森の顔を見上げた。

「龍村先生は？」

「新神戸《しんこうべ》の駅で、いったん別れた。あんなことがあったからな。冗談抜きで、念のため、しばらくうちに滞在しろと言ったんだ。今頃荷物をまとめているだろう。あとで、小一郎に迎えに行ってもらわなくてはならないな」

「……あんなこと……」

再会の喜びに輝いていた敏生の顔が、たちまち曇る。森は敏生の頭にポンと手を置き、さすがに疲れた声でこう言った。

「居間で、きちんと話をしよう。着替えてくるから、紅茶でも淹《い》れておいてくれるかい？」

そして、久しぶりにソファーに並んで座り、甘くした香りのいいミルクティを飲みながら、森は敏生と別れてからの行動を、かいつまんで話した。

龍村の予想どおり、駆けつけた警察は、警察医のあっさりした検案をふまえ、和田陽平の死因を「縊頸《いけい》による窒息死」……つまり自殺だと断定した。

タクシー運転手や和田の隣人の証言により、森と龍村はまったく行動を疑われることなく、簡単な事情聴取を受けて解放された。そこで二人は和田の遺体を引き取り、荼毘《だび》に付した。そして……。

「遺骨は持って帰ってきた。いつか、故郷の山に散骨してあげるのが、いちばんいいような気がしたんだ」

「そうですね……」

敏生は、しみじみと頷《うなず》いた。

熱い紅茶で人心地ついたのか、森はマグカップをテーブルに置き、帰宅して何度目かの深い溜《た》め息《いき》をついた。敏生は、心配そうにそんな森を見やる。

「大丈夫ですか？」

「何がだい？」

敏生は躊躇《ためら》いながらも、森の顔色を窺《うかが》うようにこう言った。

「もしかして天本さん……和田さんが亡《な》くなったの、自分のせいなんて思ってるんじゃないですか？　天本さんが、そうやって自分のこと責めてるんじゃないかって、ずっと気になってたんです」

「君も龍村さんも、同じことを言って心配してくれるんだな」

森は、ちょっと困った顔で微苦笑し、日当たりのいい庭を見やって言った。

「決してそんなふうに思うな、歩みを止めるなと、龍村さんにも言われた。確かに、ここで挫《くじ》けては父に負けるも同然……伯父《おじ》が勇気を振り絞って俺に会ってくれた気持ちを裏切ることになる。この数日を、ずっと自分にそう言い聞かせ続けて乗りきったよ。だが……彼の死期を確実に早めたのは、俺だ。そのことは、どうしようもない事実なんだ」

「でも、天本さん……」

「父に奪われた俺の過去をすべて取り戻すために……俺はこの先、いったいどれだけ大切なものを失い続ければいいのかと、そう思わずにはいられない。父は……今の父は、俺の知っているかつての父じゃない。もっと邪悪な、もっと残酷な『何か』に変わってしまった」

森の黒曜石の瞳《ひとみ》が、つらそうに揺れる。

「父には絶対に負けない、一歩も退《ひ》かないと思う決意に変わりはないよ。君や龍村さんや小一郎……支えてくれたり、力を貸してくれたりする人たちがいるから、進み続けられる。……だが、心の奥に、臆病《おくびょう》な俺がいるんだ。こんなことはもう嫌だ、逃げてしまいたいと叫びそうになっている俺が」

「天本さん」

いいんですよ、と囁《ささや》いて、ソファーに座ったまま、敏生は森を抱いた。広い背中に、細い両腕をふわりと回す。

「敏生？」

「怖いのも、悲しいのも、悔しいのも、逃げたいのも、全部当たり前じゃないですか。怖くて泣きながら、もう嫌だって叫びながらでも、一歩ずつ進めれば、それでいいじゃないですか」

森は、ただ呆然《ぼうぜん》と、敏生にされるがままになっている。敏生は囁《ささや》き声《ごえ》で言った。

「我慢しなくていいんです。今は、いつものしっかりした天本さんでなくたっていいんです。だって天本さんは、大事な伯父《おじ》さんを亡《な》くしたんですから」

「…………」

「とっても悲しいときには、わんわん泣いても、全然女々しくないし恥ずかしくもないです。僕だって、何度も天本さんの前で大泣きしたことあるじゃないですか」

森は答えなかった。ただ、何かに必死で縋《すが》ろうとするように、敏生の華奢《きゃしゃ》な体を折れそうなほど強く抱きしめる。

「僕、何もできませんけど……でも、一緒にいます。ここに、天本さんと一緒にいます。……絶対に、天本さんをひとりにしませんから」

「敏生……」

敏生の耳元で、森はまるで救いと許しを求めるように、その名を囁く。頬《ほお》にかかる息の熱さに、敏生は胸が締めつけられるような思いだった。

「……母さんがね、昔、飼ってたウサギが死んじゃったとき、僕に言ったんです。いっぱい泣いてあげなさい、あなたの流した涙の一粒一粒が、小さなお星様になって、天国への道しるべになるから。あなたの大好きだったウサギは、あなたの涙を辿《たど》って、きっと無事に天国へ行けるからって。おとぎ話みたいだけど、僕、それが本当だって信じてます。だ

から……」

森は無言で、敏生の肩に顔を押しつけた。やがて押し殺した嗚咽《おえつ》が、森の口から漏れた。吐く息と涙で、敏生のシャツが温かく濡《ぬ》れる。

自分の目からもぼろぼろと涙が零《こぼ》れるのをそのままに、敏生は森の激しく波打つ背中を、ただ優しく撫《な》で続《つづ》けていた……。

「……すまない」

やがて森は、まだ涙に湿った声でそう言い、静かに抱擁を解いた。そして、涙が幾筋も伝う敏生の頬《ほお》を両手の親指の腹で拭《ぬぐ》い、照れくさそうに微笑した。

「何年分も泣いたよ。……君まで泣かせてしまったな」

敏生も、大きな目を真っ赤にしてクスンと笑う。

「もらい泣きです。……でも、ちょっとはスッキリしましたか?」

「かなりな。だが、きっと酷《ひど》い顔になっているだろう。お互い、夜までに何とかしないと、龍村さんにからかわれるぞ」

「ホントですね。大げんかしたと思われちゃうかも」

どうにか軽口を叩《たた》ける程度には復活したらしい森の様子にホッとして、敏生もそんな冗談を返した。

だが、二人して赤い鼻と涙声なのがお互い気恥ずかしくて、どうにもいたたまれない気持ちになってくる。

「ゆ、郵便受けでも見てくるか。どうせ君、俺が留守中、郵便物を取り込んでいないだろう」

森はそう言って、そそくさと席を立った。

「……あー、何か瞼《まぶた》パンパンに腫《は》れちゃった。顔でも洗おう」

敏生も、ぴょこんと立ち上がり、台所へ行って冷たい水で顔を洗った。本当は手拭《てふ》き用《よう》のタオルで顔を拭きながら居間に引き返した敏生は、ふと目に入ったものに、あっと声を上げる。

郵便物を回収し、どうにか体裁を整えて居間に戻ってきた森が見たものは、窓際《まどぎわ》の床に座り込んでいる敏生の姿だった。

「敏生？　どうした」

呼びかけると、敏生は満面の笑顔で森を手招きする。

「あ、天本さん！　これ見てください。こっちに来て、早く！」

「……何だい？」

森は、怪訝《けげん》そうな顔つきで敏生の呼ぶほうへ足を向けた。そして、その視線の先にあるものを見て、まだ腫れぼったい目元を和ませた。

「……ほう。見事だな」

「綺麗《きれい》でしょう！」

敏生は顔を輝かせて森を見上げた。

敏生の目の前にあったのは、河合の鉢植え……ハナズオウだった。それまでにも、一輪、また一輪と花を開かせつつあったのだが、今朝、敏生が見たときには、まだ七分咲きだった。今日はよほど日差しが暖かいのだろう。それが今は、一気に満開になっていた。枝のあちこちに、ピンク色の花が固まって咲き乱れている。

「うちに来たときには、まるで枯れ木のようだったのにな。一気に部屋が華やいだ」

「ホントですよね。可愛《かわい》い花だなあ……。あ、土が乾いてる。お水あげなきゃ」

敏生は小さなじょうろを手に立ち上がり、身軽に台所へ向かう。森も何となくその場に立ったままで、溜《た》まりに溜まった郵便物をチェックし始めた。

ローテーブルの上に、自分宛《あて》のものと敏生宛のものを選《よ》り分《わ》けていた森は、ふと手を止めた。

「これは……？」

森の手の中にあるそれは、やたらと可愛らしい猫のイラストが描《か》かれた封筒だった。宛名は、森と敏生の連名になっている。裏返して差出人の名前を見た途端、森の目が驚きに軽く見開かれた。

「敏生！」

「……はい？　どうかしました？」

呼ばれて、水のたっぷり入ったじょうろを手に敏生は戻ってきた。

「これを見てごらん」

森は、封を切らないまま、手紙を敏生に差し出す。敏生はじょうろを床に置き、森から封筒を受け取った。さっきの森と同じように、表を見、次に裏返して、あっと声を上げる。

「これ……河合純也《すみや》って！」

森は笑って頷《うなず》いた。

「河合さんからの手紙だよ。俺たち二人宛《あて》だ。開けてごらん」

「はいッ」

敏生はペーパーナイフを取りに行くのももどかしく、封筒の端っこを注意深く、しかし忙《せわ》しい手つきでピリピリと破った。中からは、綺麗《きれい》に折りたたまれた便せんが二枚出てくる。

いそいそと便せんを開いて、敏生は文面を読み上げた。

「どれどれ……『テンちゃんと琴平君へ。二人とも、どないしてる？　琴平君が元気になっとってくれたら、ええねんけどな』……河合さんこそ、元気にしてるのかなあ……。

『オレは相変わらずや。ついこないだ、やっとこさたつろうに追いついてん。口説き倒して、謝り倒して、ようやっとまた元の鞘《さや》に戻ってもろた。そのへんの女口説くより大変やったで』ですって！」

敏生は便せんから顔を上げ、まだ赤い目をキラキラ輝かせて森を見た。森も、微笑《ほほえ》んで頷《うなず》く。

「ああ。よかったな。河合さん、無事にたつろうと会えたようじゃないか。それで？　今はどうしてると書いてある？」

「あ、そうでした。ええと……『そろそろ鉢植えの花も咲いた頃やろし、たつろうとそっちへ挨拶《あいさつ》に戻ろうと思たんやけど、世の中なかなかにままならんもんや。こっちで懇《ねんご》ろになった姉ちゃんが放してくれへんねん』……って、あはははは、そっか、どうして河合さんがこんな可愛《かわい》い字でお手紙書けるんだろうと思ったら、女の人に口述筆記してもらったんですね。ここんとこに矢印引っ張って、ウソです！　って書いてある」

敏生は可笑《おか》しそうに笑いながら、森に便せんを見せた。森はやれやれという顔つきで、続きを読み上げた。

「まったく、どこまでもあの人らしいな。……『ま、しゃーないし、しばらくこっちにおることにするわ。とりあえず、約束破らんように、手紙だけでも送るわな。鉢植えをオレやと思て、あんじょう世話したって。そのうち帰るし。ほな、くれぐれも仲良うな』……

だそうだ」

森は、敏生の手から封筒を取り上げ、消印を見た。

「青森《あおもり》か……また遠くまで行ったものだな、たつろうも」

「よっぽど怒ってたんですよ。でもよかった、また河合さんの中にたつろうが戻ってくれて。河合さんが、相変わらず凄《すご》く河合さんらしくいてくれて」

敏生は幸せそうな顔で便せんを大事そうにたたみ、森に手渡した。森は便せんを封筒に戻し、シャツの胸ポケットに入れる。

「あとで神棚に上げておくか。無事の帰りを祈って」

敏生は頷《うなず》き、そのまま森の腕の中に飛び込んだ。突然のことによろめきつつも、森はしっかりと敏生を抱き留める。

「な……何だ、いきなり」

敏生は、森の広い胸に体を預け、丸みのある頬《ほお》を紅潮させて言った。

「凄く嬉《うれ》しくて」

「……嬉しい？　河合さんの手紙がかい？」

「それだけじゃなくて、いろいろ。どんなことがあっても、頑張ってればいいことあるんだなって思ったんです」

「敏生……」

森はハッとして、無邪気な敏生の笑顔を見た。敏生は、今度は嬉《うれ》し涙《なみだ》に光る鳶色《とびいろ》の瞳《ひとみ》で、森をまっすぐに見つめて言った。

「監禁されてたとき……苦しくて怖くて、僕もうこのまま死ぬのかな、天本さんに二度と会えないのかなって思ってました。でも、今はこうして元気に、天本さんのそばにいられる……。死んだと思った小一郎も生きてて、今はもう前みたく人間の姿になって、一緒にいてくれる。河合さんも、大変な旅をしたと思うけど、ちゃんとたつろうに会えたんですね。ついでに、新しい恋人もできたみたいだし」

「……ああ」

森はしんみりした顔で頷《うなず》く。そんな森の痩《や》せた頬《ほお》にそっと触れ、敏生は言った。

「河合さんの鉢植えだって、枯れ木みたいだったけど、今はあんなに綺麗《きれい》に花を咲かせてます。……もう駄目って思うことがあっても、死ぬほどつらいことがあっても、一生懸命踏ん張ってれば……時が巡って、いつかきっといいことがあるんだって……そう信じられる気がするんです」

「……そうだな」

敏生はこっくりと頷き、声に力を込めて言った。

「だから……天本さんも。今は悲しくて、苦しくて、つらくても……いつかはきっと！だから、絶対諦《あきら》めないでくださいね。僕も小一郎も、絶対天本さんから離れませんから」

森は、冷えた頬《ほお》を温めてくれる敏生の手に、自分の手を重ねる。

「僕、せめて天本さんの背負ってる重い荷物、一緒に担《かつ》ぎます。天本さんが倒れそうになったら、一生懸命支えます。だから……」

頑張って、と言おうとしたのか、それとも、負けないで、と言おうとしたのか……。

どんな言葉であろうと、森にはもう聞く必要はなかった。敏生の眼差《まなざ》しだけで、十分にその真摯《しんし》な思いは伝わったのだ。

だから森は、いきなり敏生を固く抱《だ》き竦《すく》め、言葉を吐き出そうと開いたその唇を、自分の薄い唇で深く塞《ふさ》いでしまった。

「ん……っ」

一瞬驚いて身を震わせた敏生だが、すぐにその両腕は柔らかく森の首を抱き、細い指先が、漆黒の髪を乱す。

「ありがとう……。君は、まるで俺の松葉杖《まつばづえ》だな……」

お互いの気持ちを伝え合い、悲しみや痛みを、それに確かな希望を分かち合うように幾度も繰り返す口づけの合間に、敏生は、森のそんな囁《ささや》きを聞いた気がした……。

あとがき

皆さんお元気でお過ごしでしょうか、椹野道流《ふしのみちる》です。

二十一作目の「尋牛奇談《じんぎゅうきだん》」、まるで新しいシリーズのように、怒濤《どとう》の展開を見せております。ここを先にお読みになる癖のある方は、くるっと背中を向けて先に本編をお読みください。頭からずーっと読み進めてこられた方は……たぶん「海月奇談《かいげつきだん》」ほどではないと思うのですが、肩や首がコリコリになっておられるのではないでしょうか。お、お疲れさまでした。

ついに天本《あまもと》も、真正面からトマスパパに立ち向かう決意を固めたようです。もちろん、敏生《としき》や龍村《たつむら》や小一郎《こいちろう》、それに司野《しの》といった仲間たちの力を借りて。何だかパパが出てくるたびに、作者の私まで一緒になって「今度は何しに来たんだろう」とドキドキしてしまいます。作者なのに！　不思議不思議。

でも、担当さんは、パパにいつの日か「わたしが悪かった！」と天本に平謝りさせたいんだそうですよ（笑）。す、するかなあ、あの人。天本に水戸黄門《みとこうもん》くらいのカリスマ性がないとちょっと無理っぽいかも。とりあえず、パパはまだまだ暗躍してくれそうです。秘密もいっぱいありそうだし。

河合《かわい》師匠の留守中にすっかりレギュラーの座に居座ってしまった妖魔《ようま》の術者司野に加えて、今作には、彼の「下僕」である人間の正路《まさみち》が登場しています。まだ、できたてほやほや主従の司野と正路は、天本と敏生とはまたひと味違った微妙な関係を構築している模様。ちょっとぼーっとしている正路ですが、あの強烈な司野と上手《うま》くやっていける、懐《ふところ》の深い人物のようです。敏生にもようやく、身近なところに同年代の友達ができそうですね。

さて、今回天本たちが和田《わだ》氏に呼び出された島根県安来市《しまねけんやすぎし》にある足立《あだち》美術館。ここは本当に大好きな場所です。私は自分の車を転がして行ったのですが、まさしく「middle of nowhere」としか形容しようのない場所にどーんと建っており、それだけでも十分に驚きでした。

中に入ってさらにビックリ。とにかく空間の使い方が贅沢《ぜいたく》きわまりないのです。そして美術館と言いつつ、主役は庭園。庭園のために美術館が存在しているのではないかと思われるほど、素敵《すてき》な庭です。もちろん、館内のほとんどすべての場所から、庭園が見られます。どの角度から見ても、作中で敏生たちが見とれているように、完璧《かんぺき》な美しさ。それなのに、よくお寺にある枯山水庭園のような気取ったところや敷居の高いところはまったくなく、まあるく優しく来館者を迎えてくれます。神経がキリキリ巻きだったはずの敏生が思わず和んでしまったのも、実際にこの庭園を目《ま》の当《あ》たりにすれば納得していただけると思います。

あ、そうそう。肝心の収蔵品のことを書くのを忘れていました。こちらは、ちょっとクラクラするような豪華なラインナップです。横山大観《よこやまたいかん》、伊東深水《いとうしんすい》、富岡鉄斎《とみおかてっさい》、棟方志功《むなかたしこう》、前田青邨《まえだせいそん》、北大路魯山人《きたおおじろさんじん》、河井寛次郎《かわいかんじろう》……ぼんやり見て歩いているだけでも、頭に残っているのはこんな大御所の名前。中でも、横山大観の水墨画は、凄《すご》い迫力でした。……でもやっぱり、とにかくここは庭！　是非、半日潰《つぶ》すつもりでお出かけください。

それから、今回、トマスパパが何やら意味深に使っているのが、「十牛図《じゆうぎゆうず》」です。解説は、作中で司野と天本がやってくれていますので、ここでは語らずにおきますね。

今作で使われているのは「廓庵《かくあん》十牛図」ですが、私が最初に知った牧牛図《ぼくぎゆうず》は、「うしかひぐさ」というもの。高校生の頃、神戸《こうべ》の古書店で偶然見つけました。こちらは、江戸《えど》時代に月坡道印《げつぱどういん》が著したもので、イラストがさらに増えています。こちらのほうがなじみ深いとはいえ、なにぶん枚数が増えると、天本たちの苦労も増えてしまう……というわけで、比較的あっさりした「廓庵十牛図《じゅうぎゅうず》」のほうをモチーフにさせていただくことにしました。庶民向けと言いつつもけっこう解釈は難解なのですが、どうか敏生と一緒に、お勉強におつきあいください。

で、事務的なことを少々。お手紙に①80円切手②ご自分の住所氏名を様付きで書いた宛《あて》名《な》シール（必ず裏面がシール状のものをお使いください）を同封してくださった方にはもれなくペーパーを送らせていただきます。こつこつと夜なべで作業をしますので、お手紙が転送されてくるまでのタイムラグを含め、どうしても相当に時間がかかってしまいます。気長にお待ちいただける方のみご利用いただけますよう、お願いいたします。

また、お友だちのにゃんこさんが管理してくださっている椹野後見ホームページ「月世界大全」http://moon.wink.ac/でも、最新の同人情報やイベント情報、それにいち早く新刊情報がゲットできます。ホームページでしか読めないショートストーリーもありますので、パソコンが利用できる環境にある方は、是非お訪ねください。

次回予告は……毎度毎度パパが出てくると、書く私もしんどくて仕方がないので、息抜きを絡《から》めつつ、じわじわとトマス追跡の旅を続けたいと思います。せっかく正路といういい友達ができそうな感じなので、敏生にも普通の男の子のように遊びに行ったりさせてやりたいし！

最後に、いつもの方々にお礼を。

イラストのあかまさん。前作「抜頭《ばとう》奇談」の表紙の、傘の透け具合がとっても綺麗《きれい》で、思わずぼーっと見とれてしまいました。そして天本は、敏生からプレゼントしてもらったマフラーを死んでも外さない所存のようですね（笑）。

担当の奥村《おくむら》さん。いつもいつもご心配をおかけしてすみません！　人生の先輩としての健康アドバイス、骨身に沁《し》みております。しみじみ。や、同じ不調を経験した人がいると思うと、心強いッス。

それではまた、近いうちにお目にかかります。ごきげんよう。

――皆さんの上に、幸運の風が吹きますように……。

椹野　道流　九拝

椹野道流先生の『尋牛奇談』はいかがでしたか?
椹野道流先生、あかま日砂紀先生への、みなさまのお便りをお待ちしています。
椹野道流先生へのファンレターのあて先
〒112-8001 東京都文京区音羽2-12-21 講談社 X文庫「椹野道流先生」係
あかま日砂紀先生へのファンレターのあて先
〒112-8001 東京都文京区音羽2-12-21 講談社 X文庫「あかま日砂紀先生」係

N.D.C.913　286p　15cm

樵野道流（ふしの・みちる）
2月25日生まれ。魚座のO型。兵庫県出身。法医学教室勤務を経て、現在は専門学校講師や猫の母その他もろもろの仕事に携わる。望まずして事件や災難に遭遇しがちな「イベント招喚者」体質らしい。『人買奇談』から始まる〝奇談シリーズ〟は本作品で21作目。オリジナルドラマCDとして『幽幻少女奇談』『生誕祭奇談』も好評。

講談社X文庫

white heart

尋牛奇談《じんぎゅうきだん》

樵野道流《ふしのみちる》

●

2004年4月5日　第1刷発行

定価はカバーに表示してあります。
発行者――野間佐和子
発行所――株式会社 講談社
東京都文京区音羽2-12-21 〒112-8001
電話 編集部 03-5395-3507
販売部 03-5395-5817
業務部 03-5395-3615
本文印刷―豊国印刷株式会社
製本―――有限会社中澤製本所
カバー印刷―半七写真印刷工業株式会社
デザイン―山口　馨

ISBN4-06-255732-0